크리처스

곽재식

크리처스

8 금저 편下

신라괴물해적전

곽재식×정은경×안병현

1

소소생은 급한 대로 소매로 코와 입을 막았다.

"숨 쉬면 안 돼요! 독 안개를 마시면 환각에 빠져요!"

소소생이 소리쳤다. 아무리 주군왕과 이 비장이 자신을 죽이러 왔더라도 그들을 죽게 내버려둘 수는 없었다.

짙어진 안개 탓에 한 치 앞도 보이지 않았다. 소소생이 다시 소리 치려는 순간, 누군가 소소생의 뒷덜미를 낚아챘다. 바다선녀였다. 어느새 물에 적신 두건을 코와 입에 두른 바다선녀가 뿌연 안개를 향해 밧줄이 달린 화살을 쏘았다. 밧줄을 자신의 허리에 감고 한 팔로 소소생을 끌어안더니, 바다선녀가 말했다.

"꽉 잡아."

"으읍?"

바다선녀가 밧줄을 타고 몸을 날렸다. 두 사람의 몸이 부웅 날아오르더니 다행히 고목나무 꼭대기에 안착했다. 안개에서 벗어나자 소소생이 참았던 숨을 몰아쉬었다.

"하아……. 하아……. 고마워요……."

"삼면총해적주라서 살려 준 거야. 여차하면 팔아넘기려고."

바다선녀의 심심한 농담에도 소소생은 금저가 혼자 나타난 것이 의아했다. 분명 고래눈은 보이지 않았다. 고래눈이 금저에게서 달아났다면 진작 모습을 드러냈을 것이다. 그렇다면 금저가 고래눈을 어디에 가두기라도 한 것인가. 소소생은 고래눈 걱정에 한숨을 쉬었다.

"범이랑 철불가는요?"

소소생이 바다선녀에게 물었다.

"세상에서 제일 쓸데없는 걱정이 귀족이랑 철불가 걱정이야. 제 목숨 하나는 끝내주게 챙기는 인간을 걱정해서 뭐 해? 범이란 놈도 제 목숨 부지할 실력은 있던데."

소소생은 방금 벌어진 일을 떠올렸다. 주군왕의 언월도가 향하자 회색빛이던 금저의 가죽은 순식간에 황금빛으로 변했고, 독 안개를 맹렬히 뿜어냈다.

"금저의 황금 가죽은 몸을 보호하는 갑옷이자, 독 안개를 뿜는 무기였어요."

"바위인 척 매복하고 있었다는 건데……. 산불이 나서 나타났다가 인기척에 숨은 건가? 괴물치고 꽤 영리한 놈이군."

바다선녀가 말했다.

소소생은 바다선녀가 멘 화살통에 눈이 갔다.

"그런데 이 화살통은 원래 이랬어요? 전에 봤을 때랑 뭔가 달라진 것 같은데……."

소소생은 정확히 집어낼 순 없지만 어딘지 위화감이 들었다.

바다선녀도 화살통을 쳐다봤다. 화살통을 감싼 꽃사슴 가죽의 흰 점무늬가 붉게 변해 있었다.

"분명 하얀색이었는데……. 피가 묻은 건가?"

꽃사슴 가죽으로 만든 가방 역시 붉은색이었다. 바다선녀가 소매로 벅벅 문질러도 좀처럼 가시지 않았다.

"꽃사슴 가죽은 귀해서 구하기 힘든데. 이런……."

바다선녀가 구시렁거렸다.

안개 속에서는 여전히 비명이 새어 나오고 있었다. 저 안에서 얼마나 많은 사람이 죽어 가고 있을까. 고래눈은 지금 어디에 있을까. 금저는 어째서 사람을 공격하는 걸까. 수많은 의문이 꼬리를 무는 통에 소소생은 정신이 아득하기만 했다.

"대사! 정말 김 대사이십니까?"

안개 속에 혼자 남은 이 비장은 점점 혼란스러워졌다.

분명 김 대사였다. 어째서 김 대사가 여기 명주에 나타났단 말인가. 그것도 지하지인의 모습으로……. 김 대사는 허옇게 변한 눈알을 이리저리 굴리며 이 비장을 노려보고, 날카롭게 돋아난 이빨을 부딪치며 까드득 까드득 기이한 소리를 냈다.

"대사! 왜 이러십니까?"

"네놈이 박 한찬과 붙어서 나를 죽여? 사무치는 원한에 눈이 감기질 않아 무덤에서 일어났다!"

'내 두 눈을 믿을 수가 없구나. 명줄 질긴 김 대사가 저렇게 나타나다니! 김 대사는 박 한찬의 모함으로 사포에서 쫓겨났을 뿐인데……'

이 비장은 아까 소소생이 외친 말을 떠올렸다. 안개를 들이마시면 환각에 빠진다고 했다. 그렇다면 지금 눈앞의 김 대사도 환각이란 말인가.

이 비장은 옷을 찢어 만든 천 조각에 물주머니의 물을 뿌렸다. 명주의 산세가 험해 물주머니를 챙기는 습관을 들였는데 이렇게 도움이 될 줄이야. 그 짧은 순간에 김 대사가 달려들었다. 실제일리 없다 생각했지만 김 대사의 이빨이 딱딱 부딪히는 소리에 몸이 굳고 말았다. 환각이 아니라면 이 비장도 지하지인이 되어서 주군왕의 씨름판 위 놀잇감이 될 터였다.

김 대사가 이 비장의 어깨를 물어뜯자, 두꺼운 살점이 떨어져 나갔다.

"끄아악!"

팔이 끊어지는 고통을 참으며 이 비장은 간신히 물에 적신 천으로 코와 입을 막았다. 그 순간, 이 비장의 살점을 뜯어 먹던 김 대사가 신기루처럼 안개 속으로 흩어졌다. 방금까지 생생히 느껴졌

던 고통마저 씻은 듯이 사라졌다. 이 비장은 혼란스러웠으나 생각을 떨치려 고개를 흔들었다.

'이럴 때가 아니야. 주군왕을 찾아야 한다.'

안개 속에서 환상에 시달리는 것은 주군왕도 마찬가지였다. 누군가 주군왕의 귀에 끊임없이 속삭였다.

"네놈이 감히 신라의 왕이 되겠다고?"

"누구냐!"

주군왕이 언월도의 부러진 칼날을 쥐고 목소리가 들린 방향으로 던졌다. 칼날이 파고들어 손에서 피가 났지만 고통은 느껴지지 않았다. 또다시 뒤에서 수군대는 소리가 들렸다.

"명주에 처박혀서 죽을 때까지 나오지 말거라!"

"주제 파악도 못 하고 설치는구나!"

주군왕이 명주로 밀려날 때 왕궁에서 듣던 말이었다. 주군왕에게 간이라도 빼 줄 듯이 굴던 간신들과 귀족들은 명주로 좌천된 그를 지독히도 외면했다.

"모습을 드러내라!"

안개가 수많은 사람 형상으로 바뀌었다. 그들이 주군왕을 둘러쌌다.

"서라벌에서 첩자를 보냈구나! 죽어라!"

주군왕은 부러진 언월도로 그들의 목을 베고 팔을 잘랐다. 피가 뿜어져 나왔다. 피를 뒤집어쓴 주군왕의 눈빛이 미친 사람처럼 붉게 타올랐다.

"전하! 정신 차리십시오!"

이 비장이 달려왔다. 환각에 빠진 주군왕이 병사들을 잔인하게 난도질하고 있었다. 병사들은 저항도 못 하고 목숨을 잃었다.

"지금 보이는 건 환상입니다. 어서 코와 입을 막으십시오!"

이 비장이 주군왕에게 물에 적신 두건을 둘러 주려 했다. 그러나 주군왕이 미친 듯이 날뛰는 바람에 가까이 갈 수가 없었다. 주군왕의 눈이 광기에 젖어 번들거렸다. 그에겐 이 비장의 외침도 서라벌 간신배들의 험담으로 들렸다.

주군왕이 이 비장을 향해 칼날을 휘둘렀다. 이 비장은 물 흐르듯 공격을 피해 주군왕 뒤로 몸을 굴렸다.

"용서하십시오."

이 비장은 칼집으로 주군왕의 머리를 내려쳤다. 주군왕은 반격할 새도 없이 고꾸라졌다. 이 비장이 오지 않았다면 살인귀가 된 주군왕이 명주 병사들의 씨를 말렸을 터였다. 이 비장은 기절한 주군왕을 업고 그곳을 빠져나갔다.

철불가 또한 안개 속을 헤매고 있었다. 철불가는 명주 감옥의 간수에게 훔친 술로 천을 적셔서 입가에 둘렀다. 귀한 술을 낭비하는 게 아까웠으나 목숨만큼 값진 것은 아니니 도리가 없었다.

"소소생! 바다선녀! 어디에 있나?"

안개로 휩싸인 사방에서 칼날이 날아들었다. 병사들이 철불가를 보고, 왜놈이니 발해 귀신이니 고래고래 소리를 지르며 달려들었다. 철불가는 장애물 넘듯 병사들을 피하며 내달렸다.

'이것이 말로만 듣던 독 안개의 위력인가. 동료도 못 알아보고 죽을 때까지 싸우게 만들다니. 그간 봐 온 괴물들보다 훨씬 무서운 놈이군.'

철불가는 죽은 병사의 몸에서 찾은 밧줄을 화살에 묶었다. 그러곤 망설임 없이 솔개날로 밧줄을 단 화살을 쏘았다. 화살이 꽂히자, 철불가는 두꺼운 나무에 남은 밧줄을 묶고 솔개날에 달린 줄을 타고 나무로 날아갔다.

올라서 보니 열 보가량 떨어진 나무 꼭대기에 바다선녀와 소소생, 범이가 모여 있었다. 철불가는 힘껏 몸을 날려 그곳으로 건너갔다.

"봐. 저 인간 걱정은 필요 없댔지?"

바다선녀가 일부러 큰 소리로 말했다.

"나만 쏙 빼놓고 모여 있던 게냐? 소소생, 덕담계 두령이 부하를 챙기지 않다니 실망이다. 지옥 불에서도 살아 돌아온 불귀신께서 구해 주러 와야지."

철불가는 섭섭한 티를 내며 토라진 아이처럼 소소생에게 등을 돌렸다.

"철불가 걱정이 제일 쓸데없다고 누가 그러던걸요. 그리고 제가 두령이라면 철불가가 저를 구해야 하는 거 아니에요?"

철불가는 생긋 웃으며 다시 소소생 쪽으로 몸을 돌렸다.

"녀석, 아주 몹쓸 해적이 다 됐구나. 후후. 그래, 무슨 이야기를 하고 있었니?"

철불가가 범이 어깨에 손을 올리고 물었다. 범이는 그새 더 자라 철불가와 키가 비슷해졌다.

"고래눈 형제가 어디 있을지 이야기 중이었습니다."

범이는 어깨에 파리라도 앉은 듯 철불가의 손을 쳐 냈다. 철불가는 무안한 기색도 없이 이번엔 소소생의 어깨에 팔을 올렸다.

"진짜 쓸데없는 걱정이 고래눈 걱정이란다. 고래눈이 누구냐. 천하제일검이 아니더냐. 아마 고래눈은 금저의 은신처에서 백성들에게 나눠 줄 보물이라도 챙기고 있을 게다."

"그렇다면 다행이지만……."

범이가 말끝을 흐렸다.

"두령을 믿는 것도 부하의 일이지."

철불가답지 않은 어른스러운 말에 범이가 놀란 표정을 지었다.

"고래눈이 여기 있었다면 범이 네게 이렇게 말했을 거다. 범아, 내 걱정은 말고 눈앞의 중요한 일부터 하렴."

'맞아. 고래눈 형제라면 금저가 죄 없는 백성들을 다치게 할까 봐 걱정하셨을 거야.'

범이가 고개를 끄덕이는 것을 보고 철불가가 말을 이었다.

"그리고 고래눈은 또 이렇게 말했을 게야. 금저를 잡아서 황금 가죽을 벗기자, 그 황금 가죽은 천하제일 미남 해적 철불가에게 바치자고 말이다."

소소생이 어깨에 올려진 철불가의 팔을 치우며 말했다.

"결론이 왜 그 모양이에요?"

"하도 자연스러워서 하마터면 속을 뻔했잖습니까!"

범이도 발끈하며 철불가를 노려보았다.

"쳇. 안 넘어오네."

철불가가 입맛을 다시던 그때, 우르르르르 땅이 울렸다. 소소생 일행이 올라선 고목나무까지 울림이 느껴졌다. 어찌나 진동이 큰지 소소생은 삐끗해서 나무에서 떨어질 뻔했다.

나무 아래를 내려다보니 독 안개가 서서히 걷히고 있었다. 땅바닥이 드러나며 시뻘건 피가 강물처럼 흐르고, 병사들의 시체가 여기저기 널브러진 게 보였다. 지옥도 같은 풍경의 가운데 커다란 황금색 바위가 서 있었다.

"꾸르르르륵. 꾸어어억."

금저였다. 독 안개가 걷히니 햇빛을 받아 황금색 가죽에서 번쩍번쩍 빛이 났다. 금저가 울 때마다 땅이 흔들렸다.

"오, 나의 금저님!"

철불가는 두 손을 모으고 감탄했다. 수많은 바다를 제집처럼 드나들며 황금을 수없이 봤던 그였다. 그럼에도 이토록 큰 황금은 처음 보았다. 집채만큼 커다란 데다 눈이 부실 정도로 광이 났다. 어떤 불순물도 들어가지 않은 순도 높은 황금일 것이 분명했다.

'저건 누구에게도 뺏길 수 없다!'

철불가는 금저에게 솔개날을 겨눴다. 다섯 개의 화살이 동시에 바람을 가르며 날아갔지만, 금저의 황금색 가죽에 맥없이 튕겨 나왔다.

금저는 공격당했다는 감각도 없는지, 돌아보지도 않고 앞으로
달려 나갔다.

"피부가 얼마나 단단하기에 화살이 박히지도 않는 거야? 진짜
배기 황금이다, 이건가? 후후후. 오히려 좋아. 저 황금 가죽만 있으
면 평생 놀고먹겠어."

철불가는 이번엔 화살 세 개를 하나로 묶어서 솔개날의 시위에
걸었다. 솔개날이 금저의 눈을 향했다.

"제아무리 황금 갑옷을 둘렀어도 눈알까지 황금은 아닐 테지!"

철불가는 솔개날을 쏘았다. 쇄애액. 그와 동시에 기다란 하얀색
화살이 날아와 철불가의 뭉치 화살을 쪼개고 그대로 금저에게 날
아갔다.

"누구야? 어디서 새치기를 하고 있어?"

철불가가 하얀 화살이 날아온 방향을 돌아보니, 바다선녀가 의
기양양한 얼굴로 서 있었다.

"새치기라니. 시간순으로 치면 금저를 제일 먼저 본 것은 나라고.
그러니 금저는 내 것이오."

바다선녀가 씩 웃었다. 그러나 바다선녀가 쏜 화살도 금저의 황
금 가죽을 뚫지 못했다.

"그렇지!"

철불가가 주먹을 허공으로 뻗으며 웃었다.

"젠장!"

바다선녀와 철불가는 더 커다란 화살을 꺼냈다. 경쟁하듯 동시

에 두 개의 화살이 날아갔다. 그러나 금저는 두 사람이 쏜 화살보다 빠르게 움직였다. 두 개의 화살은 금저가 떠난 자리로 날아가 박혔다.

이번엔 범이가 나무를 날아가듯이 옮겨 타며 금저에게 단검을 날렸다. 그러나 황금 가죽 앞에 범이의 칼날마저 무용지물이었다.

금저는 공격을 받을수록 속도를 높였다.

"너무 빨라!"

바다선녀는 맥궁에 화살을 다시 먹이려고 했으나, 화살통은 텅 비어 있었다.

"안 돼!"

그 사이 금저는 이미 산 중턱까지 내려가 숲속으로 몸을 숨겼다. 소소생은 금저가 달려간 방향을 돌아봤다. 저 멀리 산 아래 성채 같은 관청과 그 앞에 번화한 거리가 늘어서 있었다.

"저기는……!"

소소생이 금저가 달려간 방향을 가리켰다.

"저잣거리! 금저가 저잣거리로 향한다!"

범이가 다급하게 외쳤다.

"제길! 하필 지금 화살이 떨어지다니."

바다선녀가 빈 화살통을 만지며 탄식했다.

"어? 잠깐, 꽃사슴 가죽 색이 또 바뀌었잖아."

소소생의 눈도 바다선녀의 화살통을 향했다. 과연 피가 묻은 듯 붉게 물들어 있던 꽃사슴 가죽이 서서히 흰색으로 변하고 있었다.

가죽 가방도 마찬가지였다.

"다행이다! 귀한 가죽 망친 줄 알았는데."

바다선녀가 환하게 웃으며 말했다.

"잠깐. 이 가방이 꽃사슴 가죽이라고?"

철불가가 물었다.

"그래. 내가 직접 꽃사슴을 잡아서 만든 귀한 것이지."

바다선녀가 거들먹거렸다. 철불가는 건치를 드러내며 웃었다.

"후후. 바다선녀, 자넨 날 만난 걸 행운으로 아시오. 박학다식한 내가 중요한 걸 알려 줄 거거든."

철불가의 우쭐거리는 태도에 바다선녀가 인상을 찌푸렸다.

"이 가죽의 색이 변한 건 독 안개에 반응해서요. 독 안개 감별기랄까. 게다가 꽃사슴 가죽은 독 안개를 차단할 수 있지. 이 가죽으로 입마개를 만들면 독 안개 속에서도 실성하지 않을 거요."

"이 귀하디귀한 가죽으로 뭘 만든다고?"

바다선녀가 가방과 화살통을 끌어안고 철불가를 노려봤다.

"생각해 보시오. 이 가방을 기꺼이 내어 준다면 어떤 삶을 살게 될지. 자, 내 자네의 미래를 읊어 줄 테니 따라 해 보시오."

철불가가 검지를 흔들며 여유로운 미소를 지었다.

"금저의 황금 가죽으로 넓은 영지를 손에 넣었지만 땅에 매인 몸이라 답답하다며 눈물 흘리고 싶다. 세상 하나뿐인 꽃사슴 가방을 갈기갈기 찢어발기던 해적 시절의 자유를 그리워하고 싶다."

바다선녀가 눈을 감고 철불가의 말을 반복했다.

"좋은 집에서 내 한마디에 죽는 시늉도 하는 하인 백 명을 거느리는 답답함에 숨 막히고 싶다. 최고급 견명 옷을 입고, 최고급 가죽 의자에 앉아, 홀로 여행하던 해적 시절이 좋았다며 쓸쓸히 서역에서 들여온 최고급 술을 마시다 바닥에 버리고 싶다."

"좋은 집에서…… 내 한마디에……."

철불가의 말을 따라 할수록 바다선녀의 표정이 황홀해졌다.

"마차를 타고 저잣거리로 나갔다가 원화 시절 자네를 힘들게 했던 선배 원화를 만나, 그를 붙잡고 이 가게에서 저 가게까지 전부 내 것인데도 마음이 헛헛하다고 눈물을 쏟고 싶다……."

"이거지!"

바다선녀는 이 대목에서 주먹을 불끈 쥐었다.

철불가가 씩 웃으며 말했다.

"자, 이 모든 바람을 이루려면 금저를 잡아야 하고. 그러려면 자네의 그 꽃가슴 가죽이 필요하오. 어찌하겠소?"

2

금저는 주군왕과 소소생 무리가 있는 곳을 벗어나 금방 산 중턱에 다다랐다. 휙휙 스치는 나무들 사이로 곳곳에 산불이 휩쓸고 간 흔적이 보였다. 금저는 평화롭던 시절을 떠올렸다. 하루 종일 진흙탕에서 뒹굴 수 있었고, 어딜 가든 탐스러운 열매가 가득했던 때를······.

그러나 인간이 나타나고 모든 것이 달라졌다. 그들은 다른 짐승의 씨를 말리고, 강을 더럽히고, 산을 불태웠다.

어느새 금저는 산불의 한가운데를 지나고 있었다. 이글거리는 불꽃 뒤에서 숲의 비명이 들렸다. 시커먼 연기를 피해 굴에서 도망쳐 나온 여우와 너구리. 무너져 내리는 둥지 주위를 맴돌 수밖에 없는 작은 새들. 금저는 스러져 가는 짐승들의 목숨에 숨이 막혔다. 걷잡을 수 없는 불길을 바라보며 그렇게 한참을 서 있었다.

꼬박 하루가 지나고 나서야 산불이 진정되었다. 금저는 새까맣게 타 버린 산림을 걸었다. 첫 불씨가 시작된 지점으로 거슬러 올라가자 인위적으로 불을 피운 흔적이 있었다. 이번에도 인간이 저지른 짓이었다.

처음 인간들은 금저를 괴물이라 불렀다. 하지만 금저는 진짜 괴물을 알고 있었다. 탐욕스럽고 무자비한 괴물, 인간.

'인간도 이제 이 수많은 죽음을 알아야 한다.'

금저의 황금빛 눈동자에 관청이 비쳤다.

주군왕은 명주성에서 눈을 떴다. 이 비장이 그를 옮겨 온 것이다. 주군왕은 머리가 지끈지끈 아팠다. 이 비장이 그의 뒤통수를 내려친 것을 모르는 주군왕은 그저 독 안개의 후유증이라고 짐작했다. 여전히 서라벌 귀족들의 비난이 머릿속을 울렸다.

주군왕이 이 비장에게 물었다.

"금저! 금저는 어디 있느냐?"

"달아났습니다……."

주군왕은 탈옥한 해적 따위는 안중에 없는 것 같았다.

"금저를 잡아 와라."

"전하, 금저는 독 안개를 뿜는 위험한 괴물입니다. 놈에겐 접근조차 불가합니다."

이 비장은 고개를 땅에 박으며 말했다.

"그러니 당장 잡아야지!"

잠시 숨을 고른 뒤, 주군왕이 말을 이었다.

"그놈만 있으면 서라벌의 멍청한 왕을 처치하는 건 시간문제야!"

이 비장은 고개를 숙인 채 눈을 질끈 감았다.

'제발 말 좀 조심하자. 난 역모에 엮이고 싶지 않단 말이다.'

주군왕이 이 비장에게 걸어갔다. 그는 바닥에 납작 엎드린 이 비장의 뒤통수에 발을 올렸다. 주군왕이 이 비장의 머리를 지그시 밟았다.

"비장, 이제 와 순진한 척인가. 김 대사 같은 인간 밑에 있었으니 눈치 하나는 빠를 줄 알았는데. 포기하려거든 지금 일어나서 나가면 되네."

그러나 말과 달리 어디 해 보라는 듯 이 비장의 뒤통수를 누르는 힘은 점점 강해졌다.

단순한 김 대사를 구슬리는 건 쉬웠다. 빤히 듣고 싶어 하는 말만 해 주면 됐다. 하지만 주군왕 같은 인간은 처음이었다. 종잡을 수 없어 두려웠다. 어디로 튈지도 모르고 어디서 눈이 돌아갈지 알 수가 없어 아첨하기도 쉽지 않았다.

주군왕에게 찍혔다간 서라벌에 유학 보낸 자식들 목이 달아나는 건 물론이고, 조상들까지 부관참시를 당할 판이다.

'내 식구들을 위해서라도 살아남아야 한다.'

명을 재촉하지 않으려면 어떻게든 주군왕의 명을 받들어야 했다.

"당장 잡아 올리겠습니다."

주군왕은 그제야 만족한 듯 발을 거뒀다.

심경이 복잡해진 이 비장은 관청으로 향했다.

'금저를 어찌 잡는단 말인가. 멀리서는 안개 때문에 모습이 안 보이고, 가까이 가면 독 때문에 실성하고, 독 안개가 없더라도 몸집이 어마어마하니. 이보다 더 잡기 어려운 괴물이 있을까.'

이 비장은 성벽에 올라 명주 시내를 내려다보았다. 주군왕에게 엎드려 목숨은 부지했지만 시간이 없었다.

'김 대사 보내고 주군왕이 오다니. 이번 생은 망했어.'

이 비장은 남몰래 울분을 삼켰다.

'금저가 나타났을 때를 떠올려 보자. 탈옥한 철불가와 해적들을 쫓아갔더니 산불이 난 곳에 금저가 있었다. 그렇다면 금저와 불이 관련이 있단 말인가.'

이 비장은 고개를 저었다.

'산불은 가짜 소소생들이 지른 건데. 금저는 왜 거기에……?'

마음이 급하니 머리가 안 돌아갔다. 이 비장은 절체절명의 위기마다 그가 살아남은 이유를 떠올렸다. 그것은 바로…….

"철불가……. 그자라면 무언가 알 것 같은데."

매번 이 비장이 목숨을 부지했던 것은 인정하기 싫지만 철불가 덕이었다. 하지만 이 비장이 번번이 위기에 처하는 것 또한 철불가 탓이었다. 이 비장은 고개를 거세게 흔들었다.

"미쳤구나. 내가 철불가를 찾게 될 줄이야."

그 인간과는 상종하지 않아야 한다. 벌레만도 못한 해적들도 철불가를 멀리하지 않던가. 차라리 그놈의 행동거지를 떠올려 보자.

이 비장은 눈을 감고 중얼거리기 시작했다.

"나는 철불가다. 만약 철불가라면 이 상황에……."

몹시 비위가 상했지만 어쩔 수 없었다. 마음 한구석에 철불가의 자리를 만들었다. 철불가가 생각한다……. 철불가가 행동한다……. 금저를 잡기 위해 무슨 짓을 벌일까.

그러나 금방 팔에 소름이 돋고, 구역질이 올라왔다. 온몸이 철불가이기를 거부했다. 이 비장은 오한이 들어 어깨를 부르르 떨었다. 멀쩡한 인간이 철불가처럼 생각하고 말하기란 불가능했다.

"안 되겠군. 역시 내 방식대로 하자."

이 비장은 성벽을 지키고 선 병사에게 말했다.

"여봐라, 해적 사냥을 나갈 것이니 실력이 출중한 병사를 모아라. 명주의 멧돼지 사냥꾼도 모두 잡아들여라."

사실 철불가는 이 비장이 서 있던 성벽 가까이에 있었다. 두건과 모포로 위장한 철불가는 소소생, 바다선녀, 범이와 성벽 아래 저잣 거리를 분주히 돌아다녔다.

명주 저잣거리에는 재주를 부리는 동물도 서역인도, 바다 건너 온 신기한 물건도 없었다. 한데 그 어떤 지역보다 활기찼다. 특히 상인들의 목소리가 산꼭대기에서도 들릴 만큼 우렁찼는데, 물건 을 구경하는 행인들도 상인들 목소리에 묻히지 않으려 덩달아 목청을 키우고 있었다.

그래서인지 소소생 일행이 금저가 이리로 오고 있으니 대피하라고 아무리 소리쳐도 들어주는 이가 없었다. 어찌어찌 그들의 외침을 들은 사람들조차 미친 소리라며 믿어 주지 않았다. 기진맥진한 소소생이 바닥에 주저앉았다.

"자, 철불가표 꽃사슴 가죽 입마개다."

철불가가 쓰러진 소소생에게 꽃사슴 가죽으로 만든 입마개를 건넸다. 바다선녀의 화살통과 가방을 해체해서 만든 것이었다.

"자네들 나한테 목숨 빚진 거네. 나 아니면 누가 이런 탁월한 입마개를 고안했겠나."

정작 종일 가죽을 자르고 이은 것은 범이와 소소생이었다. 철불가는 얄밉게 참견만 해 댔을 뿐이다.

"어허, 소소생. 입마개를 그렇게 손바닥처럼 만들면 안 되지. 코가 눌리잖아. 넌 모르겠지만 나처럼 콧대 높은 사람들은 굉장히 불편하다고. 새 부리처럼 만들렴. 안 쓸 때 반으로 접어 보관하고, 쓸 때는 코가 안 눌리니 편하고. 얼마나 좋니?"

철불가는 소소생에게 훈수 두는 것도 모자라 자신의 콧대 자랑까지 했다. 소소생은 당장 그만두고 싶었지만 고래눈을 생각하며 꾹 참았다. 금저를 잡아야 납치된 고래눈도 찾을 수 있었다.

"범아, 끈을 그렇게 만들면 쓰겠니? 지푸라기를 꼬아서 만들면 귀가 쓸려서 아플 거 아니냐. 부드러운 천으로 만들어야지. 네가 입은 옷은 이런 데 쓰라고 있는 거란다."

철불가는 범이에게도 잔소리를 했다. 범이는 철불가가 말할 때마다 단도를 쥐었다가 놓았다. 범이도 고래눈을 생각하며 간신히 참고 있었다. 소소생과 범이가 만든 입마개를 받아 든 철불가는 입마개 귀퉁이에 철불가의 철 자를 새겨 넣었다. 철불가는 공을 가로채 완성한 입마개를 자신이 만든 것인 양 거들먹대며 하나씩 나누어 줬다.

어느 순간 시끌벅적하던 저잣거리가 조용해졌다. 사람들의 시선이 한곳을 향했다. 멀리서 금저가 달려오고 있었다. 거대한 돼지가 출몰하자 사람들은 두 눈을 의심하며 그 자리에 얼어붙어 버렸다. 누구도 도망치거나 옴짝달싹하지 못했다.

"으아아앙!"

그때 정적을 깨뜨리며 아이의 울음소리가 울려 퍼졌다. 사람들은 그제야 꿈에서 깨어난 듯 달아나기 시작했다.

"도망쳐!"

"괴물이다! 괴물 멧돼지가 습격한다!"

"사람 살려!"

여기저기서 비명이 터져 나왔다. 사람들이 사방으로 혼비백산 달리는 통에 저잣거리는 아수라장이 되었다.

"저 녀석…… 멈출 생각이 없는 것 같은데……?"

바다선녀가 머뭇거리듯 말했다.

"온다!"

범이의 비명 같은 한 마디와 동시에 금저가 쏜살같이 달려와 관

청 성문을 쿵 들이받았다. 성문과 성벽, 지면을 타고 격렬한 울림이 전해졌다. 마치 지진이라도 난 것 같았다.

금저는 성문에 부딪친 상태로 가만히 멈춰 있었다. 정신을 잃은 듯 황금 가죽도 회색빛으로 돌아왔다.

"지금이 저놈을 잡을 기회야! 저놈이 깨어나기 전에 먼저 움직여야 해! 곧 사람들을 공격할 거야."

범이가 금저를 주시하며 금방이라도 달려나가려고 했다. 고래눈을 납치해 갔으니 범이 눈에 금저는 악랄한 괴물일 뿐이었다. 소소생도 같은 마음이었다. 하지만 금저가 사람을 공격하려 했다면 성문이 아니라 사람들이 잔뜩 모여 있는 저잣거리를 노렸을 것이다. 전속력이 아니라 살짝 달려와 부딪치기만 해도 이 저잣거리는 쑥대밭이 되었을 터.

"사람이 아니라 성문을 노렸잖아! 금저가 원하는 건 사람 목숨이 아닐지도 몰라."

"성문에 먼저 박은 게 대수야? 저 녀석이 삐끗했으면 여기 있는 사람들 전부 죽었다고!"

범이가 불안한 마음에 따지고 들었다.

그러자 바다선녀가 소소생의 말을 거들었다.

"일단 금저가 잠잠해졌을 때 백성들을 먼저 대피시키자."

그때 바다선녀의 뒤에서 화살이 날아와 금저의 등에 박혔다. 금저가 꽤애액 소리를 지르며 깨어나 뒤를 돌아보았다.

어느새 이 비장과 병사들이 서 있었다. 금저가 출현했다는 소식에 한달음에 달려온 것이다. 주군왕은 부러진 언월도 대신 칼날이 더 큰 새 언월도를 꺼내 들고 서 있었다. 이 비장과 주군왕, 그의 병사들 모두 물에 적신 천을 코와 입에 두른 채였다.

"쏴라!"

주군왕이 외쳤다.

병사들이 일제히 쏜 화살이 폭우처럼 쏟아지자 금저의 가죽이 순식간에 황금빛으로 변했다.

"철불가! 소소생! 과연 네놈들이 금저를 부리고 있었구나. 감히 괴물을 이용해 나를 따돌리고 명주를 공격하려 해? 죽음으로도 그 죄를 씻지 못할 것이다."

주군왕이 말했다.

"금저와 함께 저놈들도 고슴도치로 만들어 버려라!"

이 비장의 명령에 따라 병사들이 활을 쏘고 창을 날렸다.

"젠장! 하필 저놈들이! 금저가 날뛰어서 백성들이 다치기라도 하면 어쩌려고!"

바다선녀는 쏟아지는 화살을 맥궁으로 쳐내며 저잣거리의 물품들 사이로 몸을 숨겼다. 범이는 나무 위로 올라가 대치 중인 금저와 병사들을 지켜보았다.

금저는 병사들의 공격에 흥분해 거세게 날뛰었다. 집채만 한 금저가 미쳐 날뛰자 땅바닥이 갈라질 정도로 흔들렸다.

"제발……. 독 안개는 안 돼."

소소생은 금저를 지켜보면서 가슴 졸였다. 이 비장이 몰아붙인

탓에 금저가 독 안개를 뿜을지도 몰랐다. 그러나 어찌된 영문인지 금저는 거센 공격을 받으면서도 독 안개를 내뿜지 않았다.

"이제 어떡하죠?"

소소생이 철불가에게 물었다.

"가만있어야지. 가만히 있기만 해도 중간은 한다는 말이 있지 않느냐. 우린 금저와 명주 병사들이 싸우는 걸 보다가 금저가 지쳤을 때 잡으면 돼."

철불가는 태연히 거리에 있는 떡 하나를 집어 먹으며 말했다. 소소생은 주위를 둘러보았다. 아직 대피하지 못한 이들이 많았다.

"그러다 백성들이 다치면요?"

"고래눈이 막겠지."

"고래눈은 납치됐잖아요."

"그럼 범이가 막겠지. 범이가 못 막으면? 네가 하겠지. 원래 세상 일이라는 게 내가 안 나서도 누군가 하게 돼 있단다."

철불가가 태연히 말했다.

소소생은 이 순간에도 제 몸만 챙기는 그가 볼썽사나웠다.

어느새 범이가 다가와 소소생에게 말했다.

"소소생, 넌 저기 있는 아이들을 데리고 피신해. 난 다른 이들을 대피시킬게."

고래눈 형제가 있었다면 금저를 잡는 것보다 백성들을 구하느라 분주했을 것이다. 범이도 말싸움은 접고 고래눈 형제가 했을 법한 일을 묵묵히 하기로 했다.

소소생은 고개를 끄덕이고는 겁이 나 울고 있는 아이들을 모았다. 그들 중엔 소소생과 절에서 덕담을 짓던 동자승도 있었다.

"선생님, 무서워요."

동자승이 울먹였다.

"내가 도와줄게. 걱정하지 마."

소소생이 동자승을 안아 주었다. 그러면서 눈으로 피할 만한 곳이 있는지 살폈다. 성문 옆에 곡식과 무기를 나를 때 개방하는 문이 보였다. 소소생은 아이들을 데리고 그곳으로 움직였다.

이 비장이 외쳤다.

"올가미를 던져라!"

병사들이 굵은 올가미를 금저의 등에 박힌 화살을 겨냥해 던졌다. 명주의 멧돼지 사냥꾼이 알려 준 방법이었다.

올가미가 화살에 걸리자 병사 하나가 밧줄을 타고 금저의 등에 올라타려고 했다. 용맹한 병사는 금저의 몸에 발을 디딛는 데는 성공했으나, 금저가 이리저리 날뛰는 통에 줄을 놓치고 바닥으로 고꾸라져 버렸다.

이 비장의 다음 명령에 따라 병사들은 성벽으로 이동했다. 높은 곳에서 금저의 등에 사다리를 대고 뛰어내리는 전략이었다. 가까스로 금저의 머리에 올라탄 병사가 금저의 눈을 찌르려 하자, 금저가 재빠르게 바닥을 굴렀다. 병사는 속수무책으로 육중한 몸집에 깔리고 말았다.

금저가 거추장스러운 사다리를 깨물어 부서뜨리자, 사다리에 매

달려 있던 병사들이 우수수 나가떨어졌고, 기회를 보아 금저의 옆구리를 노린 병사는 황금 가죽에 상처 하나 내지 못하고 금저의 엄니에 나가 떨어졌다.

"꾸어어어어억 끄으으으으욱."

금저가 괴성을 질렀다. 그 소리만으로도 명주 저잣거리가 흔들리는 것 같았다.

두려움을 참지 못한 병사 몇몇은 금저의 포효를 듣자 그 자리에 주저앉아 버렸다. 가까스로 버티고 선 병사들의 눈에서도 희망은 보이지 않았다.

3

금저가 이 비장에게 돌진했다.

"윽! 저놈이!"

이 비장은 반사적으로 옆으로 몸을 굴렸다. 금저가 엄청난 속도로 부딪치자 이 비장이 있던 자리의 아름드리 나무줄기가 힘없이 부러졌다.

이 비장은 식은땀을 흘렸다. 조금만 늦었다면 부러진 건 자신이었을 것이다. 소소생과 철불가 때문에 별별 괴물을 겪어 봤지만 금저만큼 까다로운 녀석은 없었다. 다른 방법을 찾아야 했다.

'사냥이 아니라 전투라 여기자. 지금 상황이 금저가 산성을 침략하려고 벌이는 전투라면……. 성에서만 짤 수 있는 진형을 만들어 금저를 공격하는 거다.'

이 비장과 주군왕은 관청의 높은 망루로 올라갔다.

으악!

버둥

버둥

금저가 함정을 눈치챘다!
성문을 닫아라!

쾅!

버둥

버둥

휙

쉬이이이이익

컥!

성문이 다시 닫히자 금저가 씩씩대며 이번엔 성벽을 들이받았다. 쿵 쿵 우레 같은 소리가 나며 성 전체가 흔들렸다. 성벽에 쩌적 금이 갔다.

"이크! 성이 무너지겠어! 어서 도망쳐야겠군."

철불가가 말했다.

"여보시오, 철불가! 약속을 어기는 거요? 힘을 모아서 금저를 잡아 황금 가죽을 벗기자더니! 겁에 질려 꽁무니를 빼는 게 창피하지도 않소?"

바다선녀가 철불가를 붙잡았다.

"참 답답한 소리 하네. 자네가 만든 해적오계를 떠올려 보란 말이야. 임전필퇴! 지금은 싸울 때가 아니라 도망칠 때라고. 금저는 다음에 잡으면 돼. 황금보다 소중한 게 목숨일진대, 일단 살아야 다음을 기약할 게 아닌가."

사실 바다선녀도 알고 있었다. 이런 상황에선 철불가의 말대로 도망치는 게 현명했다. 알고 있지만……. 바다선녀의 시야 구석에 대피해 있는 소소생과 아이들이 들어왔다. 사람들을 데리고 거리를 벗어나는 범이도 보였다.

성벽이 무너지면 저들이 희생될 것이다. 바다선녀는 발걸음을 멈췄다.

"도망칠 거라면 다른 사람들도 데려가야 하오."

"저들을 다 어찌 데리고 간다는 건가? 우리 목숨도 간신히 건질 판인데."

"해적오계 중 다섯 번째 계율, 살생유택! 사람들을 죽게 내버려
둘 수 없소."

"갑자기 원화로 돌아가고 싶어진 거요? 해적한테 살생유택은 강
도질할 때 칼부터 들이대면 위험하니 조심하라는 뜻 아니겠나. 지
금 인정을 베풀 때가 아니라니까?"

바다선녀는 분명 다른 방법이 있다고 믿었다. 어떻게든 다 같
이 살 방법이. 금저가 독 안개를 뿜지 않는 걸 보면 아직 희망은 있
어 보였다.

"철불가, 당신이라면 무슨 방법이 있을 거 아니오? 천년만년 질
긴 명줄을 이어 왔으니! 나와 한 약속을 어겼으면 살 방법이라도
알려 주고 가는 게 도리 아니오?"

바다선녀는 자존심이 상했지만 철불가라면 뭔가 알고 있을 것
같았다.

바다선녀의 말에 철불가가 한숨과 함께 고개를 절레절레 저었
다. 철불가는 성벽 위를 보더니 말했다.

"소소생병이 옮은 사람이 여기 또 생겼군. 좋소. 저기, 저어어기
에 방법이 있소!"

철불가가 바다선녀 너머 어딘가를 가리켰다.

바다선녀는 철불가가 가리킨 곳을 쳐다봤다. 성벽 위로 커다란
석포가 보였다. 석포는 성벽 너머 멀리 돌을 던지는 무기였다.

"석포?"

바다선녀는 철불가를 돌아보았다. 철불가는 그사이 달아나고

없었다.

"하여간 제 몸 하나는 끝내주게 챙긴다니까."

바다선녀는 투덜거리면서도 일단 성벽 위로 몸을 날렸다. 병사들은 금저의 공격에 우왕좌왕하고 있었다. 성 안에는 석포가 넉 대 있었다. 금저가 성벽에 부딪치는 바람에 균형이 잘 안 맞긴 해도 석포 자체는 멀쩡했다.

거대한 숟가락처럼 생긴 석포의 한쪽 끝에 밧줄이 연결되어 있었다. 여럿이 밧줄을 동시에 당겨서 바구니 부분에 있는 바위를 던지는 원리였다.

'식탁에 숟가락을 걸치고 막대 부분을 쳐서 밥알을 날린다고 생각하면 편해.'

바다선녀는 원화 시절 선배의 말을 뒤늦게 떠올렸다. 선배들 뒤치다꺼리를 하느라 안 해 본 일이 없는 바다선녀였다. 석투당*이 쓰는 무기 관리도 바다선녀의 업무 중 하나였던 것이다.

"그래. 이거라면 해볼 만하다!"

바다선녀는 이 비장에게 달려갔다.

"비장! 이 비장!"

이 비장은 바다선녀에게 칼을 겨누었다.

"탈옥할 때는 언제고, 금저를 피해 감옥으로 다시 들어가려고 왔느냐?"

---

*석투당: 투석기를 활용하여 전투를 하는 신라의 공성, 수성 집단 중 하나

"탈옥은 별개 문제고. 내게 석포와 병사들을 빌려주시오."

"드디어 미친 것이냐? 해적 주제에 군사를 달라?"

"모르나 본데 나도 한때 명주의 원화였소. 내게 병사들과 석포를 내주면 금제를 잡겠소. 붙잡는 게 명이니 뭐라도 하는 게 아무것도 안 하고 죽는 것보단 낫지 않겠소?"

"원화였다 한들 석포를 써 본 적이나 있느냐? 석포는 아무나 다룰 수 있는 게 아니다."

"내가 뭐 미모로만 원화가 된 줄 아시오? 지덕체와 문무 겸비. 그게 바로 원화의 기본 정신이오. 아니, 기본 정신이었지……. 아무튼 그 정도는 알고 있단 말이오. 한 번은 소용없을지 몰라도 두 번, 세 번, 열 번을 바위에 맞으면 저놈이 아무리 황금 가죽을 둘렀다 한들 버티지 못할 거요."

바다선녀가 자신 있게 말했다.

이 비장은 주군왕의 뜻을 물으려 돌아보았다. 그러나 주군왕은 어느새 달아나고 없었다. 이 비장은 깊은 한숨을 쉬었다. 위기의 순간에 백성들을 버리고 도망치는 것은 김 대사나 주군왕이나 똑같았다.

"어찌하겠소? 시간이 없소이다."

바다선녀가 이 비장을 재촉했다.

이 비장은 고심하였다. 해적들 말에 놀아났다가 피 본 것이 어디 한두 번이던가. 하지만 눈앞에 닥친 재난부터 수습하는 것이 옳았다.

"그래. 어디 한번 네 마음껏 놀아 보거라. 단, 석포로 허튼짓을 하거나 금저를 잡지 못하면 네놈부터 죽일 것이다."

"그 정도 각오도 안 했을까. 어차피 금저를 못 잡으면 다 죽을 판이오. 그때는 내가 친히 목을 내어 드리지."

바다선녀가 씩 웃고는 석포로 달려갔다.

"어서 석포에 올릴 바위를 가져오시오."

바다선녀가 병사들에게 말했다.

"어디 해적 따위가 명령질이냐?"

수염이 덥수룩한 병사가 바다선녀에게 칼을 겨눴다.

"하, 이게 문제라니까."

바다선녀가 앞으로 나선 병사를 제압하려는데, 범이가 성벽 위로 풀쩍 뛰어올라 모습을 드러냈다.

"바다선녀, 내가 돕겠소! 뭘 어쩌면 되오?"

"드디어 말귀를 알아듣는 놈이 왔군! 네가 이렇게 반갑다니! 바위를 석포의 바구니에 넣고, 내 신호에 맞춰 밧줄을 당겨라."

범이는 바다선녀의 말대로 머리만 한 바위를 가져와 석포 끝에 있는 바구니에 넣고, 밧줄을 잡았다. 바다선녀도 옆에 섰다.

바다선녀가 금저를 내려다보았다.

금저는 이제 도움닫기를 위해 성벽에서 멀리 물러나 있었다. 시간이 없었다. 바다선녀는 금저의 거리를 어림잡아 계산했다.

"셋을 외치면 당기는 거다. 하나, 둘, 셋!"

바다선녀의 신호에 맞춰 범이와 바다선녀가 밧줄을 힘껏 당겼

다. 바구니가 허공으로 치솟으며 바위가 날아갔다.

부웅 위력적인 소리를 내며 바위가 금저의 옆구리에 가 부딪혔다. 달려갈 준비를 하던 금저가 예상 외의 충격에 몇 발짝 뒤로 밀려났다.

"맞았다!"

"효과가 있어!"

바다선녀가 범이와 손뼉을 마주쳤다. 범이는 당황해서 얼굴이 빨개졌다.

"흠, 흠. 다시 해 봅시다."

범이는 얼른 손을 놓고 던질 만한 것을 찾기 시작했다. 바다선녀의 전술이 통하는 듯하자 병사 두어 명이 바위를 구해 왔다. 그러자 손 놓고 있던 병사들도 하나둘 석포로 가서 자리를 잡았다.

"석포 하나마다 여덟 명이 붙으시오. 네 사람은 밧줄을 맡고 두 사람은 던질 만한 것을 가져오시오. 던질 수 있는 것이면 무엇이든 좋소! 나머지 두 사람은 금저를 조준하는 거요."

범이는 바다선녀의 통솔력과 빠르고 정확한 상황 판단에 감명받았다. 바다선녀의 거침없는 진두지휘에 따라 병사들도 일사불란하게 움직였다. 과연 군기로 이름 높은 명주 병사들이었다.

바다선녀가 성벽에 서서 맥궁을 들고 말했다.

"내가 화살을 쏠 때마다 그곳에 바위를 날리시오."

바다선녀는 병사들이 시간차를 두고 석포를 날리도록 화살을 쏘아 알렸다. 금저가 달아나는 속도까지 감안한 것이었다. 금저가 첫 번째 석포에서 날린 바위를 맞고 움직이면, 두 번째 석포가 그 다음 위치로 바위를 날렸다.

처음에는 금저가 꿈쩍도 하지 않는 듯 보였으나, 연달아 날아오는 바위 공격에 고통을 느꼈는지 점점 더 뒤로 물러섰다. 금저는 성벽에 서 있는 바다선녀를 노려보다가 끝내 산으로 달아났다.

"금저를 물리쳤다!"

"금저가 도망갔다!"

병사들은 자신들의 힘으로 금저를 물리쳤다는 승리감에 환호했다. 바다선녀와 범이도 병사들을 따라 환호하며 다시 한번 손뼉을 마주쳤다.

4

소소생이 함께 있던 아이들을 끌어안으며 안도했다.

"다들 무사해서 다행이야. 어디 다친 데 없어?"

소소생은 아이들의 상태를 확인하고 성으로 갔다. 얼싸안고 눈
물을 흘리는 병사들 사이로 바다선녀와 범이가 보였다.

"바다선녀! 범아!"

소소생은 두 사람이 무사한 것을 보자 마음이 놓였다.

"수고 많았소."

범이가 바다선녀에게 말했다.

"이 정도쯤이야. 그쪽도 수고했어."

"난 이제 해적선으로 돌아가려 하오."

"왜? 더 있다 가지."

바다선녀가 아쉬운 투로 말했다. 바다선녀가 보기에 철불가는

느물거리는 아저씨였고, 소소생은 치기 어린 애송이였다. 두 사람이 병풍 역할을 해 주어서인지 범이가 한참 괜찮아 보였다.

"고래눈 형제를 찾으려면 금저가 어디로 갔는지 쫓아야 할 것 아니오. 그럼 몸조심하시오."

범이가 휘리릭 성벽을 넘어 사라졌다.

"간만에 괜찮은 녀석이다 했더니, 마음이 콩밭에 가 있잖아?"

바다선녀가 작은 소리로 투덜거렸다.

그런데 뒤에서 주군왕의 목소리가 들렸다.

"관청에 해적이 들락거리는데, 당장 잡지 않고 뭐 하는가?"

숨어 있던 주군왕이 병사들의 환호성에 슬그머니 걸어 나왔다. 주군왕은 바다선녀와 소소생을 가리켰다.

"저놈들을 잡아라!"

주군왕이 명하자 병사들은 어리둥절한 얼굴로 바다선녀와 소소생을 포위했다.

이 비장이 조심스레 주군왕에게 말했다.

"전하, 저들도 금저 퇴치에 힘을 보태었나이다."

"그러니 잡으라고 하는 것 아닌가! 퇴치 방법을 안다는 것이야말로 이놈들이 금저와 한패라는 증좌 아닌가."

이 비장은 주군왕의 뜻을 금방 눈치챘다. 주군왕은 누구보다 탐욕스러운 야심가였다. 해적들을 이용해 금저를 사냥하는 동시에 해적들을 소탕했다는 공적까지 세우려는 속셈이었다. 비열한 모양새였으나 주군왕의 심기를 거스를 순 없었다.

이 비장은 병사들에게 명했다.

"바다선녀와 소소생을 잡아라. 저것들은 금저를 데려와 명주를 어지럽힌 대역죄인이다!"

바다선녀는 화살통에 손을 뻗었지만 이미 빈 통이었다. 금저를 잡느라 화살을 다 써 버린 탓이었다.

"기껏 금저를 물리쳐 줬더니 비열하게…… 윽!"

항의하려던 바다선녀가 이 비장에게 뒤통수를 가격당해 풀썩 쓰러졌다.

"이 비장……!"

하고 외치던 소소생도 이 비장의 한 방에 쓰러졌다.

정신을 잃은 소소생과 바다선녀는 명주성에서 눈을 떴다. 그곳에서 뜻밖의 얼굴이 두 사람을 반겼다.

그들 옆에 철불가가 밧줄로 결박된 채 무릎을 꿇고 있었다. 소소생이 놀라서 외쳤다.

"철불가?"

"허허. 반갑다."

철불가가 뻔뻔한 웃음을 지어 보였다.

"허, 아까 도망친다더니 왜 잡혀 있는 거요?"

바다선녀는 기가 차서 말도 안 나왔다.

"그렇게 됐소이다. 항구에 있는 배 수백 척이 전부 주군왕 거라 잖소. 안 잡힐 수가 있나?"

"사람들을 구할 땐 내빼더니 제일 먼저 잡힌 거요? 꼴좋소!"

"그래도 내가 자네에게 석포를 쓰라고 흘려 주지 않았나. 이번엔 해적오계의 사군이물로 살아날 방도를 찾아 주겠네."

"관직에 있는 자에겐 뇌물로 대한다는 계율 말이오? 이 마당에 뇌물이 무슨 소용이오? 심지어 가진 보물도 없잖소!"

"나만 믿게."

철불가가 속삭이며 바다선녀에게 한쪽 눈을 찡긋했다. 바다선녀는 짜증이 나서 웩 하고 토하는 시늉을 했다. 철불가는 아랑곳하지 않고 주군왕에게 말을 건넸다.

"전하는 신라에서 가장 용맹하고 지혜로운 분입니다. 이 철불가가 온 바다를 두루 다니며 전하 같은 분은 처음 뵈었습니다. 전하 같은 분이 신라를 다스리신다면 태평성대가 올 것입니다."

"보는 눈은 있구나."

"하여 전하께 금저를 바치고 싶습니다."

철불가는 이미 금저를 잡은 것처럼 말했다.

"네놈은 금저가 무서워 꽁지 빠지게 달아나지 않았느냐? 무슨 수로 금저를 바친다고 혀를 놀리느냐!"

"신라에서 유일하게 금저를 잡을 수 있는 자가 제 부하로 있습니다. 바로 유일한 금저 사냥꾼, 바다선녀입니다."

"여보시오! 내가 왜 당신 부하요?"

바다선녀가 욱해서 소리를 질렀다.

"보십시오. 금저를 연구하느라 독 안개에 실성해서 저리 미친 소리를 합니다. 저치가 석포로 금저를 물리친 건 이미 아실 테지요.

제가 바다선녀와 함께 금저를 잡아서 바치겠나이다."

바다선녀가 뭐라고 더 꽥꽥 소리를 지르자, 소소생이 그만두라고 눈짓을 보냈다. 소소생은 철불가가 하자는 대로 따라야 살 길이 있을 것 같았다. 철불가는 못 믿을 사람이었지만, 살 궁리 앞에선 가장 믿을 만한 사람이었다. 바다선녀는 소소생의 눈치에 입을 다물었다. 하지만 눈빛만은 철불가를 향해 이글이글 불타고 있었다. 금방이라도 쏘아붙이고 싶은 것을 참는 듯했다.

주군왕이 구미가 당긴다는 듯 몸을 앞으로 기울였다. 그는 철불가가 맨입으로 금저를 바칠 자가 아니란 것을 간파했다.

"그렇다면 네놈이 원하는 것은 무엇이냐?"

"금저의 몸집만큼 황금을 주시는 것은 어떻습니까?

"너도 실성한 것이냐?"

주군왕이 탐탁지 않아 하자 철불가가 말을 이었다.

"금저를 손에 넣으면 신라를 가지게 되실 터인데, 이 신라보다 값진 것이 어디 있단 말입니까."

금저가 없으면 서라벌 왕좌를 차지하지 못할 것이란 말이었다. 그 속뜻을 알아차린 주군왕이 비릿하게 웃었다.

"영리한 놈이군. 대신 금저를 잡지 못한다면 네놈들은 명령 불복종으로 어떻게든 잡아 죽일 것이다. 어떠냐, 할 수 있겠느냐?"

물론 주군왕은 이들이 금저를 잡든 못 잡든 죽일 생각이었다.

철불가는 잇몸이 다 드러나도록 활짝 웃으며 말했다.

"반드시 금저를 바치겠나이다."

고래눈은 여전히 동굴에 갇혀 있었다.

"지레로 삼을 게 있으면 바위를 움직일 수 있을 것 같은데."

그때 드르륵 소리가 들렸다. 금저가 머리로 바위를 밀고 동굴로 들어왔다. 금저는 태양처럼 황금색으로 빛나는 눈동자로 고래눈을 바라봤다. 고래눈은 천천히 오합도로 손을 가져갔다. 금저가 동굴 입구를 다시 막고 고래눈에게 터벅터벅 걸어왔다.

잔뜩 긴장한 고래눈은 침을 삼키고 금저를 가만히 바라보았다. 금저는 고래눈의 머리를 보더니 상처가 아문 것을 보고 눈을 깜빡였다. 금저의 속을 알 수 없었지만 공격할 마음은 없는 것 같았다. 고래눈은 오합도에서 손을 떼었다.

고래눈을 꽤 오래 바라보던 금저는 황금색 가죽을 회색 가죽으로 바꿨다. 금저의 기세도 훨씬 누그러졌다.

'회색 가죽은 연해서 상처를 입을 수 있다. 그런데도 나에게 회색 가죽을 보였다는 것은 역시 공격할 뜻이 없다는 것.'

그런데 금저의 숨소리가 고르지 않았다. 숨소리가 가쁜 것이 어딘가 불편한 것 같았다. 그제야 금저의 등에 꽂힌 화살 하나가 보였다. 게다가 옆구리에는 무언가로 얻어맞은 듯 시퍼런 멍이 잔뜩 들어 있었다.

"아니. 이게 무슨 일이냐? 대체 누가 금저에게 이런 상처를 낼 수 있단 말이야. 일단 등에 박힌 화살부터 뽑아야지."

깜짝 놀란 고래눈이 금저의 상처에 손을 갖다 댔다. 금저는 순순히 바닥에 앉았다. 고래눈이 금저의 등에 올라타 박혀 있는 화살을 힘껏 잡아당기자, 화살이 뽑힌 자리에서 피가 콸콸 솟았다. 고래눈은 옷을 찢어서 상처를 꾹 눌렀다.

"이 정도면 약이 필요하겠는데……."

고래눈이 금저의 옆구리에 생긴 멍을 보며 말했다. 그러자 금저가 일어나 바닥에 널린 종이 쪽으로 갔다. 앞발로 뭔가를 뒤적이듯 종이들을 치웠다. 그러다 필요한 것을 발견했는지 이빨로 종이를 물고 고래눈 앞에 놓았다.

고래눈은 금저가 내민 종이를 받았다. 종이에 꽃사슴이 그려져 있었다. 꽃사슴 가죽의 점박이 무늬가 금저의 독 안개에 반응한다는 내용이었다.

"꽃사슴 가죽으로 독 안개를 막을 수 있다고? 어째서 나한테 이걸 알려 주는 것이냐?"

그러고 동굴 입구로 간 금저는 앞을 가로막은 돌덩이를 치우고 고래눈에게 따라오라는 듯이 고갯짓을 했다.

금저를 따라 밖으로 나가자, 사위는 어느새 어두웠다. 금저는 집채만 한 덩치와 달리 토끼처럼 가벼운 몸놀림으로 절벽을 내달려 깊은 산으로 들어갔다. 마치 고래눈이 달릴 때처럼 발소리마저 희미했다.

다친 몸으로 이 정도의 움직임이라니 고래눈은 감탄했다. 금저를 눈으로 보고 쫓는데도 몇 번이나 놓칠 뻔했다. 몸이 가벼운 고래눈조차 힘들 만큼 좁고 경사진 길도 금저는 힘들이지 않고 쉽게 가로질렀다. 한참을 숲으로 들어가자 고래눈 앞에 놀라운 광경이 펼쳐졌다.

거대한 나무 한 그루에서 밝은 빛이 뻗어 나오고 있었다. 마니목摩尼木이었다. 울창하게 뻗은 나뭇가지는 이 숲의 모든 생명체를 감싸는 지붕 같았고, 두꺼운 나무줄기는 장정 열 명이 안아도 팔이 부족할 듯했다. 나무줄기 중앙에는 옹이구멍이 나 있었는데 그 안에 놓인 구슬에서 눈부신 빛이 흘러나왔다. 가까이 다가갈수록 하늘을 덮은 가지가 어찌나 울창한지 온 세상을 가린 듯했다. 땅을 뒤덮고 있는 뿌리 사이로는 맑은 냇물이 흘렀다.

마니목의 주변으로 모든 자연의 소리가 선명하게 울려 퍼지는 듯했다. 풀벌레의 날갯짓 소리마저 아름답게 들렸고, 풀벌레 우는 소리는 마치 청아한 풍경 소리 같았다. 바람에 잎사귀가 스치는 소리, 풀벌레 우는 소리, 물방울 떨어지는 소리가 겹겹이 쌓여서 조화로운 음악처럼 들렸다.

태초에 세상이 만들어졌을 때 이런 모습이었을까. 고래눈은 경이로운 눈으로 마니목이 비추는 숲을 둘러보았다.

금저가 마니목에 다가가자 울창한 나뭇가지 사이로 커다란 새 한 마리가 깃털처럼 사뿐히 내려앉았다. 사람 얼굴에 두루미의 몸을 가진 하조였다. 아름다운 남자의 얼굴을 한 하조의 등에는 항아리가 가방처럼 메여 있었다.

"하조의 약병……!"

하조가 등에 지고 다니는 약병에는 놀라운 효능을 지닌 약이 들어 있다 전해졌다. 하조가 고래눈에게 미소를 지었다.

"금저에게 먹이라고 주시는 겁니까."

하조가 고개를 끄덕였다. 고래눈은 하조에게 다가가 그가 등에 지고 있는 약병을 받았다. 약병에서 찰랑찰랑 물소리가 났다.

주변을 둘러보니, 마침 고래눈의 얼굴을 가릴 만큼 커다란 나뭇잎이 보였다. 고래눈이 나뭇잎을 떼어서 약병에 든 물약을 쪼르륵 따랐다. 물약은 한여름 녹음처럼 싱그러운 푸른색을 띠었다.

천천히 혀를 갖다 댄 금저가 몇 번 물약을 삼키자 옆구리에 생긴 멍이 순식간에 사라졌다. 고래눈은 약병을 다시 하조의 등에 올려 주었다.

"감사합니다."

고래눈이 고개를 깊이 숙였다. 하조는 고래눈을 물끄러미 보더니 날개를 활짝 펼쳐서 우아하게 날아올라 이내 사라졌다.

산속에 이토록 아름다운 곳이 있을 줄은 몰랐다. 아니 인간이 몰랐기에 원초적 생명력을 유지할 수 있었으리라. 고래눈은 금저에게 물었다.

"나를 여기로 데려온 이유가 무엇이냐. 나는 바다에서 도적질하는 해적이다. 이곳을 내가 망치기라도 하면 어쩌려고 그러느냐."

금저는 고래눈을 바라보기만 했다. 금저의 깊은 눈이 무슨 말을 하는지 알 수 없었다. 고래눈에게서 등을 돌려 숲을 빠져나간 금저는 머물던 동굴을 지나쳐 산을 내려가려 했다. 고래눈이 양팔을 벌려 금저를 가로막았다.

금저가 다시 고래눈을 바라보았다.

"너는 사람만큼 똑똑하니 사람 말도 알아듣겠지? 너는 사람을 증오하는 것이냐. 그래서 복수를 하려는 것이냐? 아니면…… 무언가 다른 목적이 있는 것이냐?"

금저는 가만히 있었다.

"네게 무슨 억하심정이 있는지 알 수 없으나 복수를 위해 무고한 백성을 해치려 한다면 내가 막을 것이다. 만약 복수가 아니라면……. 내게 털어놓아라. 할 수 있는 한 돕겠다."

금저는 눈을 깜빡이더니 고래눈에게 고개를 숙였다.

"설마…… 타라는 것이냐?"

금저는 가만히 기다렸다.

"날 데려가겠다고……?"

금저는 요지부동이었다. 고래눈은 금저의 속을 알 수 없었다. 대체 무슨 뜻일까. 답을 알아낼 방법은 하나뿐이었다. 금저를 따라가는 것.

고래눈은 훌쩍 뛰어올라 금저 위에 올라탔다. 고래눈을 등에 태운 금저가 산길을 내달리기 시작했다.

5

다음 날이 되었다. 철불가는 신라 사람은 밥심이 있어야 큰일을 할 수 있는 법이라면서 이 비장에게 아침밥을 달라고 징징거렸다. 이 비장은 놈들을 쫄쫄 굶겨 죽이고 싶었지만 주군왕의 명령을 생각해 꾹 참았다. 금저를 잡을 때까지 이놈들의 목숨은 주군왕의 것이었다.

이 비장은 병사들이 먹는 죽을 한 그릇씩 내주었다. 쌀겨와 풀뿌리를 섞어서 끓인 것이었다.

"비장, 이러기요? 고작 이런 걸로 배를 채우란 거요?"

"그럼 네놈의 그 잘난 혀를 토막 내 죽이라도 끓여 줄까?"

이 비장이 이를 뿌드득 갈며 말했다. 곡식 창고가 텅텅 비어 병사들도 먹을 것이 없는 실정이었다. 병사들 줄 것을 덜어서 해적 놈들 먹이는 것도 짜증 나는데 밥투정까지 들어야 하니 화증이 일었다.

"알았네. 알았어."

철불가는 아랫입술을 내밀고 새침하게 숟가락을 들었다. 바다선녀와 소소생은 불평 없이 허겁지겁 들이켰다.

"시장이 반찬이라더니 진짜네요. 돼지죽이 꿀맛이에요."

소소생이 단숨에 그릇을 비우며 말했다.

"금저만 잡으면 돼지죽 먹을 일은 없겠지."

바다선녀는 싹싹 비운 그릇을 보며 입맛을 다셨다.

"이제 다 먹었으면 금저를 잡아 와라. 금저를 바치겠다고 큰소리를 떵떵 치지 않느냐. 주군왕은 김 대사와 다르다. 헛소리를 했다간 줄초상을 치를 것이야."

이 비장은 철불가가 제발 좀 죽었으면 하는 염원을 담아 말했다. 철불가는 빙긋이 웃었다.

"걱정 마시게. 바다선녀가 이제부터 전략을 알려 줄 것이니."

"컥. 내가? 금저를 바치겠다는 건 당신이 한 말 아니오?"

바다선녀는 물을 마시다 사레가 들렸다.

철불가가 태연하게 말했다.

"여보게, 왜 내 깊은 뜻을 모르는가? 금저를 자네 손으로 잡을 기회를 만들어 준 거 아닌가. 금저를 잡으면 명주 지역에 바다선녀란 이름이 대대손손 전해질 거야. 어마어마한 부귀영화도 안겨 줄 거고. 난 자네에게 날개를 달아 줄 걸세. 자, 난 낮잠 좀 때리고 올 테니 비장에게 금저 사냥 전략을 알려 주게나."

철불가는 하품을 쩍 하더니 망루로 올라가 잠을 청했다.

"누가 하든 상관없으니까 빨리 금저 사냥을 시작해라."

이 비장이 짜증스레 말했다.

"우선 꽃사슴 가죽이 필요하오."

바다선녀가 말했다.

"꽃사슴 가죽? 그 귀한 걸 어디서 구하란 말이냐?"

"꽃사슴 가죽은 금저의 독 안개에 반응하는 데다, 꽃사슴 가죽 입마개를 쓰면 독 안개 속에서도 제정신을 유지할 수 있소."

"철불가가 헛소리를 나불거리진 않았구나."

이 비장은 뒤에 있는 병사들에게 일렀다.

"여봐라. 명주 전역을 뒤져서 꽃사슴 가죽을 공수해 와라. 또한 꽃사슴 사냥을 나갈 것이니, 사수들은 물론이고 이 일대의 사냥꾼들을 싹 다 불러 모아라."

이 비장은 병사들을 데리고 사냥을 위해 자리를 떴다.

"철불가 참 너무해요. 일은 자기가 벌여 놓고 수습은 바다선녀한테 시키고."

소소생이 징글징글하다는 듯 고개를 저었다.

"어딜 가나 철불가처럼 묻어가는 인간이 있다니까. 한창 원화로 활동할 때도 나한테 힘든 건 다 몰아주고 쏙 빠지는 인간이 있었지. 그 덕에 석포도 쏠 줄 알게 됐지만."

바다선녀는 과거가 떠오르는지 주먹을 부르르 떨었다.

"정말 무슨 계획이 있어요?"

소소생이 물었다.

"계획이라……. 소소생, 넌 인생이 계획대로 흘러가던?"

"전혀요. 철불가랑 엮이는 순간 혼돈이에요. 철불가가 아무렇게나 지껄인 망언이 제 인생 계획이 돼 버린다니까요."

"그래. 철불가 같은 인간이 동료로 있으면 진짜 지옥이지. 내가 그래서 원화 때려치우고 해적 됐잖아."

"바다선녀, 우리 이번엔 꼭 인생 목표 이뤄요. 바다선녀는 금저를 잡아서 부자 되시고, 저는 고래눈도 구하고 철불가와 악연도 끊을 거예요!"

"너 생각보다 말이 잘 통하는구나!"

시간이 흘러 병사들과 사냥을 나갔던 이 비장이 포대 자루를 가져왔다. 자루에는 꽃사슴 가죽으로 만든 입마개가 가득 들어 있었다.

"네 말대로 입마개를 만들었다. 이제 무얼 하면 되느냐."

"입마개는 그대로 두시오. 이제 병사들을 동서남북을 향하게 성벽에 올라서게 하시오."

이 비장은 해적의 지시를 따라야 하는 게 모욕적이었으나 별 도리가 없었기에 성벽의 사방으로 병사들을 한 명씩 세웠다.

"다음은?"

"기다리면 되오."

"뭘 기다린다는 거냐?"

이 비장이 묻자 바다선녀가 수수께끼 같은 말을 했다.

"잠자코 기다리시오. 바람이 알려 줄 테니."

병사들은 영문도 모르고 성벽에 가만히 서 있었다. 동쪽에서 마른바람이 불었다. 아무 일도 벌어지지 않았다.

소소생도 바다선녀가 하는 말을 이해할 수 없었다. 저런 면에선 철불가와 비슷했다. 하지만 입 밖으로 그 말을 꺼내진 않았다.

이번엔 서쪽에서 바람이 불어왔다. 소소생도 이 비장도 침을 꼴깍 삼키고 무슨 일이든 벌어지길 기다렸다. 이 비장의 인내심이 거의 바닥 나 이것들을 죽여야 하나 생각할 무렵, 일이 벌어졌다.

남쪽에서 바람이 불어오자 남쪽 성벽에 서 있던 병사가 눈을 뒤집으며 헛소리를 지껄였다.

"이제 병사들에게 입마개를 씌우시오. 금저가 어디 있는지 알아냈소이다!"

바다선녀가 자신 있게 외쳤다.

"남쪽 성벽에 있는 자들이 환각에 빠지는 걸 보니 금저는 남쪽에 있소. 자, 이제 주군왕에게 금저를 잡으러 남쪽으로 진군해야 한다고 알리시오."

"진군한 다음은?"

"그 다음은……."

바다선녀가 긴장감을 고조시키려고 말을 멈췄다. 소소생은 그 모습을 보고 또 한 번 놀랐다. 중요한 말을 잘라먹고 시간 끄는 것조차 철불가와 똑같았다.

"다음 뭐?"

이 비장이 이를 꽉 깨물고 말했다. 이 비장도 소소생과 같은 생각을 하는 게 틀림없었다.

드디어 바다선녀가 입을 열었다.

"······점심 먹고 공개하겠소. 오전 근무가 끝났거든."

"해적 주제에 오전 근무 같은 소릴 하는구나. 네놈들이 언제는 밥때 가리며 해적질했더냐!"

이 비장이 버럭 소리를 질렀다.

바다선녀는 그러거나 말거나 생긋 웃었다.

"바다에선 노략질할 배가 보이는 시간이 근무 시간이었지만 여긴 명주 관청이 아니오? 관청의 규율대로 점심 먹을 시간에는 나도 쉬어야지. 자, 어서 점심이나 주시오."

고래눈을 태운 금저는 황금 가죽을 감추고 사람들이 모르는 깊은 산길을 통해서만 움직였다. 그러는 사이 고래눈은 숲에서 발견한 꽃사슴을 사냥해 두건을 만들었다.

고래눈은 금저와 다니며 많은 것을 깨달았다. 바다 넓은 줄만 알았지, 산이 이토록 깊은 줄은 몰랐다. 금저가 다니는 길은 위험천만했으나 아름다웠다. 깎아지른 절벽과 그 사이로 흐르는 거친 폭포, 숲을 지나는 바람 속에 담긴 풀 내음, 나뭇잎 사이로 부서지며 흩어지는 햇살까지. 바다에만 있었다면 몰랐을 것이다.

금저는 사람 소리가 들리면 방향을 틀어 멀리 돌아갔다. 인간을 싫어한다면 당장 독 안개를 쓰면 될 텐데, 금저는 그렇게 하지 않았다. 무엇보다 고래눈 자신을 구하지 않았던가. 또한, 그 상서롭다는 하조가 금저를 도왔으니.

어쩌면 금저도 평범한 사람과 다를 게 없을지도 모른다. 다친 이를 보면 치료해 주고 싶고, 곤경에 빠진 이들을 구하고 싶고, 악한 이들을 보면 벌주고 싶은, 그런 마음.

'우리는 그것을 선하다고 부르지 않는가……'

금저의 행적을 떠올리고, 목적을 추리하다가 고래눈의 생각은 자신의 삶으로 이어졌다.

'나는…… 선하다고 할 수 있는가……'

매일 생사를 오가는 해적의 몸에서 피비린내가 가실 일이 있을까. 피비린내를 오래 맡다 보면 어느 순간 죽음에 익숙해져 버린다. 누구를 구해야 하고, 누구를 죽여야 하는지 잊어버리는 것이다. 그저 나만이 선이고 내 앞에 선 이가 악처럼 느껴지곤 한다.

'어쩌면 금저는 나와 같은 심정일지도……'

금저의 뒷덜미를 쥔 고래눈의 손에서 금저의 분노가 고스란히 느껴졌다. 금저가 진정되기를 바라며 쓰다듬었지만, 쉬이 누그러지지 않았다. 하지만 금저의 행동이 그저 인간을 향한 분노에만 기인한 것은 아니라는 확신이 들었다.

금저가 한 산봉우리에서 멈춰 섰다.

"어디로 가는 거냐."

고래눈의 물음에 금저는 그저 남쪽을 바라보았다. 고래눈도 남쪽을 바라보았다. 시력이 좋은 고래눈의 눈에도 멀리 푸른 물결처럼 켜켜이 쌓인 산등성이만 보일 뿐이었다. 멀리…… 아무것도…….

'멀리……? 남쪽으로 먼 곳이라면?'

무언가를 짐작한 고래눈이 금저의 머리를 내려다보았다.

6

바다선녀는 점심을 먹더니 나무 그늘에 누워 낮잠을 청했다. 성벽 위에서 저잣거리를 내려다보던 소소생은 골똘히 생각에 잠겼다. 금저는 왜 독 안개를 쓰지 않았을까. 그 덕에 백성들이 환각에 빠져 죽는 불상사는 벌어지지 않았다.

'금저는 사람을 해치기 싫었던 걸까. 그렇다면 고래눈은 왜 데려간 거지?'

소소생은 혼란스러웠다. 금저는 성문을 들이받았을 뿐 민가의 사람을 노리지는 않았다. 전투에서 다친 사람들 대부분 금저를 공격한 병사들이었다. 범이는 우연이라고 여겼지만, 소소생은 그 부분이 계속 마음에 걸렸다.

'금저가 사람을 무작위로 공격한 게 아니라면 고래눈도 무사할 거야. 이번 공격도 처음부터 백성이 아니라 관청을 노린 거라면?

게다가 금저는 남쪽으로 가고 있잖아. 거기에 뭐가 있다고……. 잠깐, 남쪽?'

소소생은 이상함을 느꼈다. 금저는 분명 명주 북쪽의 산속에서 나타났다. 남쪽에 뭐가 있지? 남쪽이면…… 설마 서라벌?

"흐아암. 잘 잤다."

뒤에서 바다선녀가 기지개를 켜며 일어났다.

"오후 근무 시간이군. 일 좀 해 볼까."

소소생은 바다선녀를 뚫어지게 쳐다봤다. 바다선녀가 입을 쩍 벌리고 하품을 하며 말했다.

"뭘 그리 봐? 자고 막 일어났는데도 예뻐서 감탄이 나와?"

"이럴 때 보면 꼭 철불가 같네요. 그게 중요한 게 아니라 제가 뭔가…… 알아낸 것 같아요."

"너 사람 화나는 말을 아무렇지 않게 하는구나? 나랑 다시 멀어지고 싶니?"

바다선녀는 장난치듯 소소생의 목에 팔을 걸었다. 그런데도 소소생은 얼빠진 표정이었다. 팔을 거두며 바다선녀가 물었다.

"왜 그래? 뭘 알아냈는데?"

"……금저가 어디로 향하는지요."

바다선녀가 흥미가 식었다는 듯 잠이 덜 깬 눈을 스르르 다시 감았다.

"야, 어디로 가긴 남쪽으로 갔지. 그건 내가 이미 알아냈단다."

"그게 아니라요. 그러니까 남쪽에 뭐가 있냐 이거죠."

"남쪽에?"

자못 진지한 표정의 소소생이 입에 올려선 안 될 말을 머금은 것처럼 조심히 말했다.

"네. 남쪽에요. 서라벌…… 이 있잖아요."

"그래. 서라벌이 있지. 응……?"

별거 아니라고 생각하던 바다선녀도 그 말을 되새기다 정신이 번쩍 들었다.

"으하하하!"

그때 철불가의 얄미운 웃음소리가 들렸다. 이런 상황에도 물색없이 철불가는 어느새 병사들과 친해져 있었다. 처음엔 병사들도 악명 높은 해적 철불가를 두려워하고 경멸했다. 그러나 어느새 철불가의 능수능란한 말발에 넘어가 경계심을 풀었다. 주군왕과 금저라는 크나큰 적이 그들을 하나로 묶어 주었던 것이다. 철불가와 병사들은 성벽 기둥에 숨어서 몰래 술판을 벌이고 있었다. 철불가가 품에서 작은 술잔을 꺼내 보였다.

"이게 김유신 장군이 하사한 술잔이라네."

딱 봐도 이 빠진 볼품없는 잔이었다. 그런데도 철불가가 들자 그 술잔은 굉장한 사연이 깃든 듯 보였다.

"김유신 장군과 같은 전쟁터에 계셨다고요? 술잔을 하사할 정도로 무운을 세우셨다니 정말 멋지십니다."

"전 형님처럼 잘생긴 사람은 처음 봤습니다. 형님처럼 태어나면 정말 살맛 날 것 같습니다."

"아우들도 여인들 마음을 훈훈하게 데울 정도는 된다네. 그런 의미에서 내 잔도 훈훈하게 채워 주게."

철불가가 빈 잔을 내밀자 병사 하나가 품에서 술병을 꺼내어 잔을 채웠다.

소소생은 철불가의 모습이 눈꼴시어 외쳤다.

"철불가도 와서 거들어요! 지금 금저가 어디로 향하는지 알아낸 것 같다고요!"

철불가는 병사가 준 술을 단숨에 비우고 술잔을 넘겨주었다.

"보게. 내가 없으면 일이 안 돌아간다니까. 난 가 볼 테니 아우들도 이 잔으로 한 잔씩 하게. 비장 모르게 마셔야 하네?"

"형님, 감사합니다!"

병사들이 합창하듯 대답했다. 철불가가 준 이 빠진 술잔을 병사들은 보물처럼 받들었다.

"자, 내가 뭘 해 주면 되겠니?"

철불가가 소소생에게 다가와 어깨에 팔을 걸쳤다. 철불가가 입을 열자 술내가 진동을 했다.

"후우우. 소소생 미리 말하지만 난 놀고 있던 게 아니야. 금저처럼 생각하기 훈련을 하고 있었다고. 금저도 우리처럼 배고프고 졸리고 고달플걸? 그런데 내가 왜 이 짓을 하고 있을까? 금저도 그리 생각할 거라고. 그럼 금저가 어디로 향하겠니? 내가 술을 찾아다니듯 금저도 먹을 게 있는 곳을 찾아다니지 않겠니?"

가만히 듣고 있던 바다선녀가 딱 손가락을 튕겼다.

"그거야!"

바다선녀가 뭔가 떠올랐는지 소소생과 철불가를 버려두고 관청으로 달려갔다.

"봐라. 내가 또 바다선녀에게 영감을 불어넣었지 않니."

"쳇. 아무렇게나 한 말이 얻어걸린 것 같은데요?"

소 뒷걸음치다가 쥐 잡는다는 말이 딱 철불가를 두고 하는 말 같았다.

"에헤이. 그럴 리가. 난 이만 금저처럼 생각하기 위해 다시 술 한잔하러 가마."

"철불가, 지금 그럴 때가 아니라고요. 금저가 서라벌로 가고 있는 것 같단 말이에요!"

"녀석, 그렇다면 더욱 좋지. 이 비장도 주군왕도 서라벌로 가고 싶어 하니 말이야. 하하핫."

철불가는 소소생의 어깨를 툭툭 두드리고 자리를 떴다. 소소생은 한숨을 쉬며 바다선녀에게 기대를 걸었다.

"비장! 금저가 가는 곳을 알아냈소!"

바다선녀는 곧장 이 비장의 집무실로 달려갔다. 이 비장은 마른 천으로 칼날을 닦고 있었다.

이 비장이 별 관심 없다는 듯 물었다.

"그곳이 어디냐?"

"서라벌이오! 어서 금저를 잡을 함정을 파야겠소."

"서라벌?"

이 비장의 손이 멈칫했다.

"연유는 모르겠으나 서라벌로 향하는 것 같소. 금저가 관청을 공격한 것처럼, 남쪽에 있는 서라벌을 공격하려는 게 아니겠소. 한시가 급하오. 당장 주군왕에게 명주성에 쌓아 둔 음식이 필요하다 전하시오."

"어디서 감히 전하의 것을 내놓으라, 마라, 명령질이냐? 자초지종을 고해라."

이 비장이 칼로 바다선녀의 목을 겨누었다. 바다선녀는 눈 하나 깜짝 않고 말했다.

"금저는 배가 고플 거요. 그 덩치로 풀뿌리는 성에 안 차겠지. 그러니 서라벌로 가는 길목마다 음식을 놓아서 금저를 유인하고 함정에 빠뜨리는 거요. 어떻소?"

"흠. 전하께 보고하마. 듣자마자 네놈을 죽이라고 하실 테지."

이 비장은 명주성으로 가 주군왕에게 바다선녀의 말을 전했다. 뜻밖에도 주군왕은 이렇게 말했다.

"그리해라. 모로 가도 금저만 잡으면 된다. 다만, 만약 그게 거짓이라면 그놈들 싹 다 목을 베어라."

그리하여 이 비장이 음식을 산처럼 쌓은 수레를 끌고 관청으로 돌아왔다.

병사들은 음식 수레를 보자 눈이 휘둥그레졌다. 늘 먹을 것이 부족한 명주에 이 정도의 식량을 쌓아 두고 있었단 사실에 충격을 받은 모양이었다.

소소생도 지금까지 스쳐 간 피난민들과 절에서 만난 동자승들이 아른거렸다. 병사들이 사찰의 쌀과 재물을 빼앗아 간 일도 떠올랐다. 무엇보다 자기 이익을 위해서라면 이 소중한 식량을 아무렇지도 않게 내놓을 수 있다는 것이 화가 났다.

수레가 도착하자 바다선녀가 작전 회의를 열었다. 주군왕이 지켜보는 가운데 지도를 펼치고 어딘가를 가리키며 자신의 전략을 설명했다.

"이곳이 서라벌로 가는 길 중 산짐승만 지나는 길이오. 금저도 분명 이곳으로 지나갈 테니, 이 길목에 함정을 설치할 겁니다. 제아무리 영리한 놈이라도 배고픈 상황에 음식이 있다면 자제력을 잃을 것이오. 음식을 먹다가 함정에 빠졌을 때 공격하는 거지."

바다선녀는 지도를 한 곳씩 가리키며 말했다.

"먼저, 여기. 구멍 함정. 커다란 구덩이를 파고 잘 숨겨 그 위에 음식을 놓으면, 음식을 먹으려는 순간 구덩이에 빠질 거요."

바다선녀는 해당 지역에 붓으로 동그라미를 그렸다. 그러고는 지도에서 다른 산줄기를 찾아 표시했다.

"다음은 여기. 첫 번째 함정에서 잡지 못할 경우를 대비해 덫을 놓을 거요. 음식을 먹다 줄을 건드리면 나무에서 바위가 떨어져 머리를 내려치는 거지. 마지막은 동해 바닷가. 서라벌로 가는 마지막 길목이오. 철창살 우리를 매달아 놓을 거요."

이 비장이 듣기에도 좋은 전략 같았다. 이 비장은 병사들에게 바다선녀의 말대로 덫을 만들어 설치하라고 명했다. 바다선녀는 신

이 나서 병사들을 따라나섰다.

"역시 내가 가르친 보람이 있구먼. 비장, 내가 키운 금저 사냥꾼이 어떤가?"

어느새 철불가가 나타나 잘난 척을 했다. 철불가는 무엇을 먹었는지 배가 동산처럼 빵빵해 옷이 터질 것 같았다.

"철불가, 배가 왜 그래요?"

소소생이 물었다.

"하하하. 추워서 옷을 껴입었거든."

철불가가 너스레를 떨었다.

주군왕이 언월도로 휙 철불가의 배를 그었다. 옷이 찢어지며 음식이 우수수 쏟아졌다. 통닭, 떡 한 묶음, 육전에 술병까지 있었다. 금저를 유인하려고 실어 온 음식들이었다.

"아니, 이게 왜 여기 들어 있담? 이상하네."

겸연쩍은지 철불가가 머리를 긁적였다.

주군왕이 좋은 생각이 났다는 듯 씩 웃으며 말했다.

"괜찮다. 사람이 실수할 수도 있지. 이렇게 된 거 그 음식을 전부 철불가에게 주어라."

"예?"

이 비장이 놀라서 물었다.

"단, 금저를 잡는 함정에 철불가도 같이 두어라. 향신료를 듬뿍 발라서 말이다. 철불가가 산 제물이 되겠군. 하하하!"

병사들이 철불가의 손발을 쇠사슬로 묶었다.

바다선녀의 계획대로 서라벌로 향하는 산길에 함정 세 개가 설치됐다.

　마지막 함정에는 온몸이 쇠사슬로 결박당한 철불가가 음식들 사이에 무릎 꿇려 있었다. 마치 제사상에 올려진 제물 같았다.

　"전하, 살려 주십시오. 저는 금저의 입맛에 맞지 않을 겁니다."

　철불가가 애타게 외쳤다. 주군왕은 인상을 쓰며 말했다.

　"이 비장, 저놈 입 좀 닥치게 하게."

　이 비장은 철불가의 입에 사람 머리만 한 사과를 물렸다.

　"읍! 으읍!"

　"이제야 좀 조용해졌구먼."

　주군왕이 피식 웃으며 시선을 거뒀다.

　이 비장은 등 뒤로 묶인 철불가의 손에 밧줄을 쥐여 주었다.

　"금저가 오면 이 줄을 잡아당기면 된다."

　그러고는 철불가의 몸에 벌꿀을 뿌렸다. 달짝지근한 벌꿀 냄새가 진동하기 시작했다.

　병사 하나가 달려왔다.

　"금저가 나타났습니다! 첫 번째 함정 앞 삼백 보 거리. 그런데 금저의 등에 웬 사람이 타고 있습니다."

　"사람?"

　"얼굴은 보지 못했으나, 옷차림을 보아 해적 같았습니다."

그 말에 소소생은 숨이 멎을 것 같았다.

'고래눈……!'

이 비장이 말했다.

"몸을 숨겨라! 눈치가 빠른 녀석이니 확실히 함정에 빠질 때까지
절대 움직이면 안 된다!"

주군왕과 이 비장은 함정들이 한눈에 내려다보이는 절벽으로
올라갔다. 바다선녀와 소소생도 가까운 나무 꼭대기로 올라가 몸
을 숨겼다.

소소생의 눈에 저 멀리 회색빛의 금저가 보였다. 금저의 등에는
고래눈이 타고 있었다.

7

금저는 콧구멍을 벌름거렸다. 금저가 코를 킁킁대며 주둥이를
이리저리 움직이자 고래눈은 쓰고 있던 두건을 내렸다. 며칠을 굶
어서 그런지 음식 냄새가 선연하게 느껴졌다. 달콤한 향과 기름진
고기 냄새가 뒤섞여 있었다.

"피난민이 속출하는 명주에서 누가 잔치라도 벌이는 것인가. 필
시 함정이다."

고래눈은 금저의 등에서 내려왔다.

"내가 주변을 살피고 오겠다. 조심하거라."

고래눈은 금저의 목덜미를 쓰다듬고 숲으로 들어갔다.

나무에서 고래눈과 금저를 지켜보던 소소생은 고래눈이 숲속으
로 사라지자 나무를 타고 내려가려 했다. 그러자 바다선녀가 소소
생을 붙잡고 고개를 저었다.

"지금 움직이면 금저에게 탄로 나."

"하지만……."

"고래눈이 무사한 걸 확인했으면 된 거야. 지금은 금저 사냥에 집중해."

소소생을 만류한 바다선녀도 초조하긴 마찬가지였다. 어찌나 긴장되는지 입술이 바짝바짝 타는 것 같았다.

소소생은 한시라도 빨리 고래눈을 만나고 싶었지만 결국 수긍했다. 바다선녀의 말대로 고래눈은 멀쩡한 것 같았다. 전보다 수척해 보였으나 인질처럼 보이진 않았다. 그렇다면 고래눈이 자청하여 금저와 다닌다는 뜻인데, 고래눈이 어째서?

금저의 배에서 꼬르르륵 소리가 났다. 소리가 어찌나 큰지 소소생과 바다선녀도 들을 수 있었다. 참을 수 없었는지 금저가 음식을 쌓아 둔 첫 번째 함정을 향해 걸음을 뗐다. 소소생은 몸을 낮추고 금저를 지켜봤다.

금저는 쌓여 있는 음식을 발견하고는 주변을 둘러보며 킁킁 냄새를 맡았다. 의심하는 것처럼 보이지는 않았다. 금저의 코끝이 거리낌 없이 음식 무더기를 향했다.

나무에서 지켜보던 바다선녀가 조용히 외쳤다.

"좋았어!"

금저가 음식에 주둥이를 대는 순간 나뭇잎과 멍석으로 가려 놓은 구덩이에 빠지게 될 것이었다. 바다선녀가 금저의 비명을 기대하며 맥궁에 조심히 손을 가져갔다.

첫 번째 함정

킁킁

스으으윽

우적

우적

이럴수가!

두 번째 함정

툭!

휘이이잉

우적

우적

저럭수가!

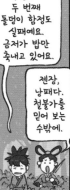

첫 번째
구덩이도
두 번째
돌덩이 함정도
실패예요.
금저가 밥만
축내고 있어요.

젠장,
낭패다.
철불가을
믿어 보는
수밖에.

세 번째 함정

투퉤-

금저님, 저는 맛이
없으니까
다른 음식을….

끼야악

맙소사,
이렇게 고약한 입냄새는
처음이야.

으으으..

에잇!

"나까지 우리에 가두면 어떡해? 어이! 바다선녀! 듣고 있어?"

철불가는 숨어 있을 바다선녀를 향해 외쳤다.

"금저를 잡았다! 공격하라!"

그때 흥분한 주군왕이 일어서서 외쳤다.

주군왕의 명에 숨어 있던 병사들이 일어나 일제히 금저를 공격했다. 창과 화살이 날아오자 회색 가죽이던 금저는 순식간에 황금색 가죽으로 돌변했다. 단단하고 두꺼운 황금 가죽이 날아오는 창과 화살을 모두 튕겨 냈다.

바다선녀는 두 번째 공격을 준비했다. 석포였다.

"석포 준비!"

"꾸어어어어억."

절벽 위 석포가 모습을 드러내자 금저는 씩씩대며 뒷발로 철창을 걷어찼다. 단단한 철창살이 엿가락처럼 휘기 시작했다.

"이봐! 바다선녀! 나는 구해 줘야지!"

철불가가 시끄러웠는지 금저가 뒷발로 철불가를 걷어찼다.

"꽥!"

머리를 얻어맞은 철불가는 정신을 잃고 말았다.

금저는 온 힘을 다해 철창살 우리를 뒤집어 버렸다.

"금저가 탈출했다! 발사!"

바다선녀가 외치자 동쪽에 있던 석포에서 바위가 날아갔다.

금저는 독 안개를 피워 내기 시작했다. 바다선녀가 외쳤다.

"독 안개다! 입마개를 써! 허리에 줄을 연결해라!"

바다선녀의 명에 병사들이 일사불란하게 입마개를 썼다. 삽시간에 하얀 안개가 시야를 가렸다. 이럴 때를 대비해 바다선녀는 병사들의 허리에 줄을 매달아 방향 감각을 잃지 않게 하였다.

독 안개마저 소용이 없자 금저도 당황한 듯 보였다.

그 틈을 노려 이 비장이 병사들과 군함을 묶을 때 쓰는 두꺼운 쇠사슬을 가져왔다.

"놈의 다리를 묶어라!"

병사들은 거대한 고목과 바위에 쇠사슬을 고정한 다음 쇠사슬로 금저의 다리를 친친 묶었다. 금저는 쇠사슬을 떨쳐 내려고 병사들을 마구 걷어찼다. 금저의 발길질이 이 비장을 향하려던 찰나, 서쪽에 있는 석포에서 바위가 날아왔다. 서쪽 서포를 장전하는 동안 동쪽 석포가 바위를 날렸다. 두 석포가 번갈아 바위를 던지며 혼란에 빠트린 사이 금저의 발이 꽁꽁 묶이고 말았다.

"공격이 효과가 있어요! 금저의 움직임이 둔해진 것 같아요."

"사리풀 덕분이지."

원화 시절 바다선녀는 명주 지역의 약초 관리도 담당했다. 사리풀은 흥분을 진정시키고 정신을 혼미하게 해서 기절시키는 효과가 있었다. 바다선녀는 사리풀즙의 쓴맛을 숨기기 위해 철불가의 몸에 뿌린 벌꿀에 섞어 놓았던 것이다.

몸이 둔해진 상태로 쇠사슬에 묶인 금저는 석포에 무참히 두들겨 맞았다.

"창병 앞으로!"

창을 든 병사들이 바다선녀의 신호에 맞추어 전진했다.

"조금만 더……! 조금만 더 하면 금저를 포획할 수 있어."

바다선녀는 금저가 정신을 잃고 쓰러지기를 기다렸다.

그러나 또 주군왕이 문제였다.

"으하하하! 이놈도 내 앞에선 힘을 못 쓰는구나."

언월도를 든 주군왕이 금저의 머리로 올라타자, 금저가 주군왕을 떨어트리려고 몸부림쳤다. 살기가 충만해진 주군왕은 금저의 주둥이 위에서 거대한 엄니를 붙잡고 버텼다.

"뭘 하는 겁니까?"

바다선녀가 주군왕을 말리려고 했다.

"눈알을 파 버리면 내 지시대로 움직일 수밖에 없을 터. 너는 눈알 없는 괴물이 되어 독 안개나 뿜어 대어라. 하하하!"

주군왕이 광기에 가득 찬 얼굴로 언월도를 높이 치켜들던 그때!

고래눈이 나타나 주군왕에게 오합도를 던졌다. 네 개의 단검이 주군왕의 팔다리에 날아가 박혔다.

"윽! 웬 놈이냐!"

주군왕이 주춤하는 사이, 고래눈이 뛰어올라 주군왕을 걷어차 바닥으로 떨어트렸다.

"감히 명주의 왕을 공격해?"

주군왕은 회까닥 돌아 버린 것처럼 눈을 희번덕거렸다.

금저의 편에 선 고래눈이 말했다.

"난 누구도 왕으로 모신 적 없소. 바다에선 모두가 평등하니까."

"불경한 소리를 지껄이는구나. 그 혓바닥부터 잘라 주지."

주군왕이 고래눈에게 달려들었다. 천하제일검 고래눈도 주군왕의 광기 어린 공세에서 쉽사리 벗어나지 못했다. 그때 금저가 다시 날뛰기 시작했다.

"꾸으으어어어어어억!"

금저가 난동을 부리자 다리를 묶은 쇠사슬이 들썩거렸다. 그러다 결국 쇠사슬에 연결된 바위가 뽑혀 소소생에게 날아갔다.

"조심해!"

바다선녀가 외쳤다.

"으악!"

소소생은 가까스로 몸을 날려 바위를 피할 수 있었다.

묶였던 다리가 자유로워지자 금저는 주군왕에게 돌진했다. 금저의 기세에 놀란 주군왕은 몸이 얼어붙어 움직일 수 없었다.

"전하!"

간발의 차로 이 비장이 달려와 주군왕을 잡아챘다. 넘어진 이 비장과 주군왕 옆으로 금저의 발자국이 깊이 파였다.

간신히 정신을 차린 소소생은 쓰러져 있던 철불가를 절벽 뒤로 옮겼다.

"철불가! 일어나요!"

소소생이 철불가의 멱살을 잡고 짤짤 흔들었다. 철불가가 눈을 뜨지 못하자 찰싹찰싹 연거푸 뺨까지 때렸다. 철불가는 그제야 정신을 차리고 얼얼한 볼을 붙잡았다.

"너무 세게 때린 거 아니냐? 감정이 실린 거 같은데?"

소소생은 뜨끔했지만 아무렇지 않은 척 둘러댔다.

"상황이 급하니까 그런 거죠."

철불가는 일어나자마자 함정 위에 쌓인 음식을 챙기기 시작했다.

"뭐 하는 거예요?"

그 와중에 철불가는 금저가 입을 댄 고기는 쏙 빼고 멀쩡한 고기만 잘도 집었다.

"뭐 하긴. 도망칠 준비지."

소소생은 어처구니가 없었다.

"금저를 잡아서 주군왕에게 바친다면서요."

"저런 놈을 어찌 잡는단 말이니? 함정은 죄다 간파하고 묶어 두려고 하면 바위째로 쇠사슬을 뽑아 버리는데. 저 미친 짓에 장단을 맞추느니 다른 곳으로 도망가서 사기 치는 게 훨씬 이득이야."

"주군왕이 도망치면 죽일 거라고 했잖아요. 쫓기는 신세가 되는 건 손해 아니에요?"

"원래 죄인이었는데 그게 왜 손해냐? 본전이지."

옷 속을 음식으로 꽉 채운 철불가는 홀가분한 표정으로 바닷가를 향해 달려갔다.

병사들은 바다선녀의 지시에 따라 바위와 화살을 퍼부었고, 고래눈은 오합도로 날아오는 창과 화살을 쳐 내기 바빴다.

바다선녀가 소리쳤다.

"고래눈! 말로만 듣던 고래눈을 이제야 보는군. 왜 금저를 지키는 거요? 당신은 인간 편이오? 금저 편이오?"

"옳은 자의 편이오."

"정말 거기가 옳은 편이 맞소? 백성들이 의적이라고 칭송하니 그 장단에 너무 심취한 거 아니오?"

"그럴지도. 하지만 중요한 사실은 금저는 먼저 사람을 해하지 않는다는 것이오."

"이 난장판을 보고도 그런 말이 나오시나?"

바다선녀가 코웃음을 쳤다.

"먼저 공격한 건 그쪽이잖소. 금저는 악한 생물이 아니고, 우둔하지도 않소. 금저도 뜻이 있어서 남쪽으로 가는 것 같소. 아마도 자신의 말을 전할 수 있는 곳으로……."

고래눈이 답했다.

"잠깐! 지금 금저가 서라벌로 향하는 걸 알면서 돕는 거요? 제정신이 아니군."

"만일 금저가 사람을 해하려 든다면 내가 무슨 짓을 해서든 막을 것이오. 그러니 길을 터 주시오."

"막는다고 막아질 거였으면 우리가 이 고생을 왜 하고 있겠소? 피차 답답한 것 같으니 여기서 결판을 냅시다."

고래눈은 때마침 날아오는 창을 발로 흘려 손에 쥐었다.

"그렇다면 어쩔 수 없지……!"

고래눈이 바다선녀에게 창을 던졌다. 쌔애액 바람을 가르고 날아간 창을 피해 바다선녀가 몸을 굴렸다. 바다선녀가 서 있던 자

리에 창이 푹 박혀서는 부르르 떨렸다.

"구어어어억!"

한참 병사들 사이를 휩쓸고 다니던 금저가 이번엔 반대 방향으로 돌진했다. 사리풀 때문에 둔해졌다 하나 여전히 민첩하고 사나워 병사들이 채 쫓아가기도 전에 금저가 바닷가로 뛰어들었다.

"아니 저 요물은 왜 여기로 오는 거야?"

작은 배라도 훔쳐서 도망치려던 철불가에겐 마른하늘에 날벼락이었다.

금저는 정박해 있던 배들을 부수고 그 잔해를 이리저리 흩어 놓았다. 병사들이 뒤늦게 금저를 쫓아왔으나 나뭇조각들에 막혀서 쉽사리 나아갈 수 없었다.

"저리 가! 저리 가라고……. 꽥!"

철불가는 급하게 노를 저었지만 금저의 헤엄 몇 번에 금방 따라잡혔다. 금저는 빼놓지 않고 철불가의 배도 박살 내고는 멀어졌다. 철불가는 금저가 헤엄치며 일으킨 너울에 속수무책으로 떠밀려 갔다.

고래눈은 부서진 배의 잔해를 징검다리 삼아 바다를 건너 금저의 등으로 뛰어올랐다. 금저는 고래눈이 올라타자 앞발로 거세게 수면을 쳤다. 그러자 높은 파도가 일렁이며 순식간에 해안가를 덮쳤다. 그 틈에 금저는 고래눈을 태우고 달아났다.

"쫓아가! 저 돼지 새끼 당장 잡아 와!"

주군왕이 뒤늦게 외쳤다. 그러나 성한 배가 하나도 없어 병사들이 주춤하는 사이 금저는 수평선 너머로 유유히 사라졌다.

바다선녀는 금저의 뒷모습을 보며 허탈감에 휩싸였다.

"배를 박살 내고 바다로 도망치다니……. 함정을 피하는 걸 보지 못했다면 우연이라고 생각했을지도 모르겠군."

"금저가 헤엄까지 쳐 도망칠 줄은 몰랐어요."

소소생이 말했다.

바다선녀는 고개를 저었다.

"금저는 한 번도 계획 없이 움직이지 않았어. 사리풀에 당했더라도 익숙한 숲을 두고, 바다로 도망친 건 우리의 추격로를 손쉽게 막을 수 있고, 멀리 떨어져서 위치를 숨길 수도 있기 때문이겠지. 우리를 따돌리고 먼저 남하하려는 거야."

"대체 왜 그렇게까지 서라벌로 가는 걸까요?"

바다선녀는 고래눈이 했던 말을 떠올렸다.

"고래눈은 금저가 자신의 뜻을 전할 수 있는 곳으로 가는 거라고 했다. 서라벌에 가서 전해야만 하는 뜻이라는 건 아마……."

소소생은 이해할 수 없다는 얼굴로 바다선녀를 보았다.

"나라님을 만나러 가는 거겠지……."

8

고래눈을 태운 금저는 해안가에서 멀리까지 벗어났다. 바다로 가는 이유는 단 하나. 인간의 공격을 피하고 더 빨리 서라벌로 가기 위해서였다. 서라벌로 가서 꼭 해야 할 일이 있는데……. 초조해진 금저는 숨을 빠르게 쉬었다. 고래눈이 금저의 털가죽을 천천히 쓰다듬었다. 금저는 고래눈의 부드러운 손길에 조급했던 마음이 조금은 누그러졌다.

금저는 문득 아주 오래전 바다에서 있었던 일이 떠올랐다. 유난히 무더운 여름이었다. 열을 식히려 밤바다에 나간 금저는 평소보다 멀리 이동한 바람에 그만 시커먼 바다에서 길을 잃고 말았다. 구름에 달빛 한 점 비치지 않았고, 파도 소리만 주기적으로 흩어졌다. 지독한 고독함에 두려움이 밀려왔다.

거대한 밤바다는 만져지는 어둠이었다. 하늘도, 바다도 보이지 않도록 아득하여 금저의 발차기도 둔해질 때쯤…… 끝을 알 수 없는 어둠으로 가득한 바다 밑에서 신비로운 빛이 반짝 빛났다. 그 빛은 점점 수면과 가까워지며 갈 곳 잃은 금저의 주변을 별빛처럼 비추었다. 두 개의 빛이 선명해지며 밝은 빛의 그림자에 가려져 있던 거대한 형체가 드러났다.

이윽고 커다란 고래가 수면 위로 고개를 내밀었다. 이제껏 금저가 본 고래 중에 가장 컸다. 등불처럼 환한 두 눈에서 빛줄기가 뿜어져 나오고 있었다. 달처럼 빛나는 눈을 가지고 있다는 명월고래였다. 명월고래가 등에서 물줄기를 뿜어냈다. 물줄기가 흩어지며 한밤중 무지개가 반짝였다.

명월고래는 두 눈의 빛으로 어둠에 잠긴 바다를 밝히며 유유히 헤엄쳤다. 거대한 몸집이 믿기지 않을 만큼 매끄러운 움직임이었다. 명월고래의 크기에 잠시 긴장했던 금저는 마치 길을 인도하는 듯한 따뜻한 빛을 따라갔다.

명월고래의 빛에 이끌린 것은 금저만이 아닌 듯 빛나는 물고기들과 벌레들도 무리 지어 명월고래의 뒤를 따랐다. 한 번도 무리에 속해 본 적이 없는 금저는 처음으로 자신이 거대한 무리의 일원처럼 느껴졌다.

고래눈에게서 명월고래의 빛 같은 따뜻함이 느껴졌다. 고래눈은 금저의 아픔을 이해했다. 고래눈이라면 명월고래처럼 금저가 가려는 길을 밝혀 주고 자신의 뜻을 전해 줄 것 같았다. 금저는 인간의 왕을 만나러 가는 걸음을 서둘렀다.

바다선녀는 주군왕과 이 비장에게 자신이 짐작한 바를 전했다.

"방금 전 전투에서 고래눈에게 들은 말에 의하면 금저는 서라벌로 향하는 게 맞는 것 같소."

실소가 터진 이 비장이 되물었다.

"그 허풍 같은 소리가 참말이었단 말이냐? 그깟 괴물이 뭘 안다고 서라벌로 간다는 것이냐?"

"금저는 병사들의 공격을 피하려고 바닷길을 택한 것 같소이다. 게다가……."

"게다가?"

이 비장이 바다선녀의 다음 말을 기다렸다.

"궁으로 향하는 것이라 짐작되오. 금저는 명주 저잣거리에 나타났을 때도 관청을 공격했소. 고래눈의 말대로 금저가 전할 뜻이 있고, 그 습격이 금저가 자신의 뜻을 전하는 수단이라면……, 서라벌에선 궁을 습격할 것이오. 그나마 목적지를 알아냈으니 우리도 어서 배를 타고 따라잡아야 하오."

이에 주군왕은 박수를 쳤다.

"미친 돼지가 알아서 궁을 박살 내겠다니 얼마나 잘된 일이냐. 하늘도 내가 왕이 되기를 바라는 것이야. 하하하. 군함에 타라. 왕성을 박살 내는 기쁨을 금저에게 모두 뺏기기는 아쉬우니, 내 직접 금저를 앞세워 서라벌에 들 것이다."

주군왕은 바다선녀가 알려 준 대로 군함을 몰았다. 바다선녀는 금저가 서라벌과 가장 가까운 동해안으로 올 것이라 예상했다. 금저보다 늦게 당도하면 바다에 빠져 죽는 게 가장 약한 벌이 될 거라는 주군왕의 엄포에 병사들은 죽을힘을 다해 배를 몰았다.

그런데 다음 날 병사 하나가 바다선녀에게 달려와 상황을 보고했다. 병사들은 이제 이 비장보다 바다선녀의 지시를 더 따랐다.

"바다에 이상한 게 있습니다."

바다선녀는 망루에 올라가 병사가 가리키는 곳을 보았다. 불길하고 익숙한 형체가 떠내려오고 있었다. 나무판자를 부여잡고 표류 중인 철불가였다.

"여어! 이보게!"

철불가가 군함을 향해 힘껏 소리쳤다.

소소생도 철불가를 발견하고 손을 흔들었다.

"철불가? 거기서 뭐 하세요?"

"소, 소소생? 소소생이냐?"

철불가의 목소리에서 반가움이 묻어났다. 철불가는 나무판자를 타고 손으로 노를 저어 다가왔다.

소소생이 병사에게 얻어 온 밧줄을 내리자, 철불가가 군함으로 올라왔다.

"여, 여긴 어쩐 일이냐. 하, 하."

철불가는 비를 쫄딱 맞은 생쥐처럼 덜덜 떨었다.

"도망치는 게 살길이라더니 철불가야말로 어쩐 일인데요?"

소소생이 어처구니 없다는 표정으로 철불가를 보았다.

"조, 좀 더운 것 같아서 헤, 헤엄을 치고 있었단다. 무, 물 온도가 좋더구나. 너, 너도 해 보렴."

철불가는 퍼렇게 질린 입술로 힘없이 웃었다. 체온이 떨어진 나머지 말도 제대로 안 나오는 모양이었다. 철불가는 소소생이 가져다 준 모포로 몸을 녹였다.

"사람 참 여전하네요. 천년만년!"

소소생은 지긋지긋하다는 눈으로 철불가를 흘겨봤다.

그 사이 바다선녀는 금저가 나타나면 동해안의 각 진지들끼리 연기로 신호를 하는 게 좋겠다고 전했다.

소소생과 바다선녀는 뱃머리에 서서 바다를 내려다보았다. 소소생은 고래눈이 금저 편에 선 것이 놀라웠다. 하지만 고래눈이라면 그만한 이유가 있을 거라고 생각했다.

소소생은 가만 생각하다가 말을 꺼냈다.

"똑똑한 금저가 왜 명주 관청을 공격했을까요?"

바다선녀가 계속 말하라고 손짓을 했다.

"금저는 깊은 산에서 오래도록 살았어요. 그러다 인간에게 터전을 빼앗겼을 테고요. 그러다 이번 산불로 참고 참은 게 터졌을 거예요. 금저는 가짜 소소생이 불을 지를 때마다 나타나서 인간들에게 경고를 한 거예요. 그런데 안 통한 거죠."

"그래서 관청을 공격한 거다?"

"네. 금저라면 이 땅이 어떻게 돌아가는지 눈치챘을 거예요. 그래서 백성을 다스리는 높은 사람이 있다는 걸 알고 관청으로 간 거죠. 그런데 병사들이 공격했고. 금저도 병사들의 공격에 맞대응하다가 달아났어요."

"흠. 일리 있는 추측이야. 내가 원화 시절에 이런 일이 있었어. 어느 노인이 찾아와서 자기 땅이 아닌데 나더러 그 땅을 달라고 하는 거야. 내가 할 수 있는 일이 아니라고 했더니 그 노인은 이렇게 말하더군. '높은 사람 나오라 그래!'"

"바로 그거예요! 높은 사람! 금저는 하소연을 하려고 명주 관청을 갔지만 공격만 받았어요. 그래서 더 높은 사람, 임금을 만나야겠다 생각한 거죠. 그래서 서라벌로 향한 거고요."

"인간의 왕한테 하소연을 하겠다니. 엄청 똑똑한 건지, 멍청한 건지 알 수가 없군."

"그러게요. 저 같은 사람은 생각도 못 할 발상을 막 하네요."

"하지만 금저가 모르는 게 있어. 대부분의 상소는 윗선까지 올라가지 않아. 중간에서 묵살해 버리지. 금저는 이 세상이 어떻게 돌아가는지는 알았지만 얼마나 병들고 타락했는진 모르는 거야."

바다선녀가 말했다.

그러는 중에도 주군왕은 병사들을 혹사시켜서 배를 전속력으로 몰았다. 속도가 떨어지면 가차 없이 병사들의 목을 베어 바다에 버리자 남은 병사들은 살기 위해 노를 저었다. 주군왕의 잔혹함에 소소생은 혀를 내둘렀다.

'저런 자가 정말로 서라벌의 왕좌를 차지하고 신라의 왕이 된다

면……. 지금보다 더 험악한 세상이 오게 될 거야.'

소소생은 벌써부터 주군왕이 다스리는 신라가 두려웠다.

군함은 금방 서라벌 인근 해안에 도착했다.

바다선녀는 병사들을 피해 돌아서 간 금저가 아무리 빨리 헤엄쳐도 질러서 간 주군왕의 군함보다 멀리 갈 순 없으리라 생각했다. 배에서 내린 바다선녀는 이 비장에게 말했다.

"이곳이 서라벌로 통하는 가장 빠른 해안가이니, 금저도 분명 여기로 올 것이오."

이 비장은 석포를 배치하고 진지를 구축하라고 일렀다.

그동안 바다선녀는 비장의 일격을 준비했다. 금저가 석포 세례에 힘을 못 쓰긴 했지만, 결국 석포로도 금저를 끝장내지는 못했다. 금저가 사리풀에 약해진 것을 보면 독은 통할 것이다. 바다선녀는 해안에 조용히 작은 배를 타고 나가 복어와 바다뱀을 낚아 올렸다. 그리고 복어와 바다뱀의 독을 모아 화살촉에 바르며 다짐했다.

'반드시 내 손으로 금저를 잡으리라.'

그런데 이틀이 지나도록 금저는 코빼기도 보이지 않았다. 진작에 당도했을 시간이었다. 바다선녀는 속이 타들어 갔다.

"왜 안 나타나지?"

"이상하네요. 다른 지역에서도 아무 소식 없었죠?"

소소생이 물었다.

"그래. 금저가 아무리 헤엄을 잘 쳐도 이렇게 오랫동안 바다에서 있을 수는 없어. 지금쯤 육지에 모습을 드러낼 법도 한데."

바다선녀와 소소생의 이야기를 듣고 철불가가 끼어들었다.

"뛰는 사람 위에 나는 금저 있지! 돈에 미친 해적도 상선이 단단히 방비하고 있으면 노략질을 주저하는 법. 오히려 빈약하더라도 털기 쉬운 곳을 노리는 법이지. 그 똑똑한 금저가 철통같은 동해안을 노리겠나?"

바다선녀는 머리를 얻어맞은 것 같았다.

"아뿔싸!"

"왜 그래요?"

소소생이 물었다.

바다선녀는 대답하지 않고 이 비장에게 달려갔다.

"비장! 비장! 당장 배를 남해로 돌리시오! 남해로 가야 하오!"

"무슨 말이냐? 금저가 서라벌로 간다고 하지 않았느냐?"

"금저가 서라벌로 가는 건 맞소. 놈은 동해로 갈 것처럼 시선을 돌리고 남해안에서 곧장 올라갈 속셈이오. 우리가 동해안을 단단히 방비하느라 상대적으로 허술해진 남해안을 노리는 거요. 서둘러야 하오!"

이 비장은 속히 주군왕에게 고하여 군함을 남해안으로 돌렸다. 하필 남쪽에서 거대한 먹구름이 몰려오고 있었다. 군함은 삽시간에 먹구름이 뒤덮은 하늘 아래로 들어섰다. 거센 바람이 휘몰아치기 시작하고, 파도가 높아지자 군함이 들썩였다.

"전하, 폭풍이 오고 있습니다! 배를 돌리셔야 합니다!"

이 비장이 주군왕에게 말했다.

"전진하라. 금저가 남해에 도달하기 전에 먼저 가서 잡아야 한다고 하지 않았느냐!"

주군왕이 말했다.

"이런 미친……. 이건 사지로 뛰어드는 거라고."

이 비장은 중얼거렸다.

'뛰어난 장수였던 내가 돼지 새끼 잡겠다고 바다에 빠져 죽게 될 줄이야. 인생에 제일 복은 부모 복도, 자식 복도 아니고 상사 복이었어.'

이 비장은 될 대로 되라는 심정으로 병사들에게 배의 속도를 올리라 명했다. 이판사판으로 파도를 타고 넘으며 황천길을 항해해야 할 때였다.

비바람이 몰아치며 파도가 배를 집어삼킬 것처럼 닥쳐왔다. 철불가가 이 비장에게 달려왔다.

"비장, 나 좀 내려 주시오. 저 광포한 폭풍 속으로 들어가는 건 미친 짓이오. 금저고 서라벌 진격이고 다 좋은데, 나는 좀 빼고 가면 안 되겠소? 잠깐만 나만 좀 내려 주면 되오."

"군함이 네가 타고 싶으면 타고 내리고 싶으면 내리는 나룻배인 줄 아느냐. 닥치고 있어라. 주군왕께서 최대한 빨리 금저를 찾아내라고 명하셨다."

이 비장은 철불가의 요구를 칼같이 차단했다.

"하……. 기껏 구조되나 싶었는데 또 바다에 빠지겠구먼."

철불가가 한숨을 쉬는데 저 앞에서 파도가 점점 말려 올라오는

것이 보였다. 파도는 어느새 거대한 해일이 되어 군함을 덮쳐 오고 있었다.

"소소생! 바다선녀! 아무거나 단단히 붙잡아라!"

철불가가 돛대를 단단히 끌어안고 외쳤다. 소소생과 바다선녀도 가까운 기둥을 꽉 잡았다. 미처 파도를 피하지 못한 군함이 마침내 파도에 집어삼켜졌다. 커다란 망치로 얻어맞은 것처럼 배가 산산조각이 났다.

"으아아악!"

격렬한 파도에 휩쓸려 기둥을 놓친 소소생은 이내 정신을 잃고 바다로 가라앉았다.

남해와 동해 경계의 어느 섬에서 한 해적 무리가 비밀리에 노예를 팔고 있었다. 고급스런 옷을 입은 남자가 고심하는 듯하더니 곧 노예 둘을 가리켰다.

"냄새 나는 노인네는 필요 없네. 이 어린것과 여자로 하지."

남자가 우두머리로 보이는 해적에게 말했다. 해적이라고는 하나 실상은 그들도 명주에서 내려온 피난민이었다. 그들은 먹고살 길이 없자 해적으로 돌변해 같은 피난민 처지였던 이들을 붙잡아 노예로 팔기 시작했다. 어느 정도 수익을 올리자 이제는 아예 은신처를 만들어 본격적인 해적질을 하려던 참이었다.

"할아버지! 할아버지!"

예닐곱 살 정도로 보이는 여자아이가 울음을 터트렸다. 아이는 옆에 있는 노인을 꼭 붙들었다.

"여보게. 한 동네 살던 사이에 어찌 이럴 수 있는가."

노인이 우두머리의 바짓가랑이를 붙잡고 매달렸다.

"한 동네 살던 정으로 영감님이 우리 좀 봐주쇼. 여기 있어 봤자 굶어 죽기밖에 더 있소? 귀족한테 보내서 먹여 주고 재워 주면 오히려 좋지 않소."

해적들이 낄낄 웃었다.

남자가 우두머리에게 주머니를 던졌다. 우두머리는 주머니 안을 확인하더니 여자아이를 붙잡아 내밀었다.

"얌전히 있어!"

남자를 따라온 사병들이 여자아이를 끌고 갔다.

"할아버지!"

여자아이는 노인을 돌아보았다. 노인은 손녀를 보고 눈물을 흘리며 주저앉았다. 뒤에서 해적들이 노예로 팔리지 못한 이들을 죽이려고 칼을 꺼냈다. 그때였다.

"저게 뭐야……?"

남자가 바다를 보고 인상을 찌푸렸다. 바다에서 노란 황금 덩어리가 달려오는 것이 아닌가.

노인의 목을 베려던 해적들도 바다를 쳐다봤다.

물살을 가르며 다가오는 것은 금저였다. 금저의 등에 타고 있던 고래눈이 섬으로 뛰어올라 남자에게 오합도를 날렸다. 그는 무슨 일이 일어나는지도 모른 채 가슴에 칼이 꽂혀 쓰러졌다.

"화, 황금 돼지……?"

거대한 금저에 압도된 해적들은 느닷없이 나타난 고래눈에게까지 신경 쓸 겨를이 없었다. 금저는 달려오던 기세 그대로 우두머리를 들이받아 바다로 날려 버렸다. 해적들이 지은 은신처조차 그들을 지켜 줄 수 없었다. 금저는 목책과 건물들을 부수고 짓밟았다. 남은 해적들이 배를 타고 달아나려 하자 그 배마저도 엄니를 이용해 뒤집어 버렸다.

배에서 떨어진 해적들이 이를 악물고 금저에게 달려들었다.

사병들까지 싸움에 가세하자 끌려가던 여자아이가 노인에게 달려가 안겼다.

"할아버지!"

노인은 아이를 꼭 끌어안고 얼굴을 비볐다. 고래눈이 아이에게 쓰고 있던 꽃사슴 가죽 두건을 씌워 주었다. 그러고는 다른 이들에게 말했다.

"위험하니 잠깐 숨을 참으시오."

마치 합을 맞춘 듯 고래눈의 말과 동시에 금저가 독 안개를 뿜어냈다. 해적들은 정신을 잃고 제 발로 바다에 뛰어들거나 서로 칼을 휘두르다 죽었다.

해적들을 전부 소탕하자 금저는 독 안개를 거두어들였다. 고래눈은 옷으로 칼날에 묻은 피를 닦았다.

"고맙소! 고맙소!"

노인이 고래눈에게 달려와 눈물을 흘리며 연신 고개를 숙였다. 피난민들도 고래눈 주위로 몰려들었다.

"그저 금저와 함께 파렴치한 녀석들을 소탕했을 뿐입니다. 자, 이거면 당분간 끼니 걱정은 없을 겁니다."

고래눈이 해적과 남자가 갖고 있던 음식과 재물을 나눠 주었다. 사람들이 음식과 재물에 정신이 팔린 틈에 금저와 고래눈이 조용히 돌아가려고 하자 여자아이가 달려왔다. 아이는 무섭지도 않은지 옷을 찢어서 금저의 다리에 둘러주었다. 이 비장과 병사들이 쇠사슬로 다리를 묶었을 때 상처가 생긴 부위였다.

"금저야, 고마워."

금저는 아이를 물끄러미 쳐다보고는 이내 고개를 돌렸다. 금저와 고래눈은 남쪽으로 사라졌다.

9

"소소생! 소소생! 일어나! 눈 좀 떠 봐!"

희미하게 철불가의 목소리가 들렸다. 철불가가 찰싹찰싹 뺨을 때리는 게 느껴졌다.

'아…… 파……. 그만……. 그만 때려…….'

소소생이 눈을 뜨자 철불가와 바다선녀가 내려다보고 있었다. 입을 열려는데, 갑자기 토악질이 올라왔다.

"우웩."

소소생이 바닷물을 울컥울컥 게워 냈다.

"정신이 드니?"

철불가는 더 못 때린 게 아쉽다는 표정으로 물었다. 정신이 든 소소생은 얼얼한 뺨을 어루만졌다. 이전에 소소생이 뺨을 때린 것에 앙심을 품었던 게 분명했다.

소소생은 주위를 살폈다. 휩쓸려 온 나무판자가 여기저기 널려 있는 바닷가 멀리 마을이 보였다. 배가 난파되고 바다에 빠진 이후로는 기억이 없었다.

바다선녀가 말했다.

"폭풍에 전부 휩쓸려 왔어. 다행히 원래 목적지에는 잘 도착한 것 같다. 합포* 근처인데 이곳은 길이 잘 뚫려 있지. 육지를 따라 서라벌로 가기 좋은 지역이야. 금저도 분명 여기로 올 거야."

"그래도 남해로 오긴 왔네요."

소소생이 말했다.

"대신 저치들도 왔다는 게 문제지."

철불가가 바닷가에 서 있는 이 비장과 주군왕을 가리켰다. 병사들은 모래밭에 파묻힌 석포를 끌어내고 있었다. 군함에 탔던 병사들 중 소수만 살아남은 것 같았다.

"멀쩡한 석포가 몇 없어. 독화살촉도 남은 건 단 하나고."

바다선녀는 화살통에서 화살촉을 꺼내 보며 말했다. 그때 화살통에 걸어 둔 꽃사슴 입마개가 붉게 물들기 시작했다.

"독 안개다! 금저가 근처에 있소! 입마개를 쓰시오!"

바다선녀가 외쳤다. 수면을 타고 하얀 독 안개가 흘러왔다. 바다선녀와 소소생, 철불가는 빠르게 입마개를 썼다.

바다선녀가 말했다.

---

*합포: 지금의 경상남도 창원시 마산합포구 인근

"소소생, 철불가와 같이 마을로 가서 대피하라고 전해라. 금저가 민가에 가까이 갔다간 큰일이야."

"알겠어요."

소소생과 철불가는 마을로 갔다. 철불가는 마을에 도착하자마자 제일 큰 집을 찾아갔다.

"이렇게 큰 집이면 먹을 게 많겠지. 적당히 구슬려서 먹을 거나 좀 얻어야겠다. 배가 고파서 죽을 지경이야."

웬일로 철불가가 순순히 따라오나 싶었다.

"우린 금저가 온다고 알려 주러 온 거예요. 사기 치러 온 게 아니라."

"그러니까. 금저가 오니까 먹을 걸 바쳐서 액운을 떼어 낼 수 있다고 하면 서로 좋잖니."

철불가는 신이 나서 대문을 두드렸다. 그런데 대문이 끼익 소리를 내며 힘없이 열렸다. 열린 대문 사이로 보이는 집 안에는 아무도 없었다. 급히 집을 비운 것처럼 살림살이가 내동댕이쳐져 있고, 집 기둥에 종이가 붙어 있었다.

마을 언덕으로 즉시 대피하시오.

누가 먼저 이런 경고를 한 것일까. 철불가와 소소생은 의아한 눈빛을 교환하며 마을 언덕으로 달려갔다. 언덕에는 토굴이 있었다. 그리고 토굴을 따라 들어가자 낯익은 얼굴이 보였다.

"범아!"

"소소생! 철불가! 여긴 웬일이야?"

"너야말로 어떻게 된 거야?"

"이맘때면 이 지역에 커다란 구풍*이 오거든. 고래눈 형제와 마을 사람들에게 먹을 것을 나눠 주려고 오곤 했어. 고래눈 형제가 없어도 할 일은 해야지."

범이가 말했다.

"구풍이 어느 정도길래?"

"마을이 온통 물에 잠기고 해일이 덮쳐서 남아나는 것이 없어. 여긴 왜 왔는지 모르겠지만, 위험하니 구풍이 지나갈 때까지는 너도 여기 있는 게 나을 거야."

"흠. 그렇지만 여기도 위험할 거다. 곧 금저가 나타날 거야."

철불가가 말했다.

"이분들은 여기 말고 숨을 곳이 없어. 당장 떠난다 해도 멀리 가긴 힘들고, 괜히 나갔다가 구풍에 휘말리면 그게 더 큰일일걸."

"하지만……."

소소생이 더 말하려고 하자 철불가가 말렸다.

"소소생, 범이 말을 들어 보니 여기서 구풍을 피하는 게 나을 것 같구나. 제아무리 금저라도 구풍에는 움직이지 못하겠지. 우리도 여기서 기다려 보자."

---

*구풍: 지금의 태풍을 말함.

철불가는 웬일로 진지한 표정이 되어 마을 사람들 사이에 자리를 잡고 앉았다. 소소생은 토굴 밖으로 시선을 돌렸다. 파도가 제법 높은 것이 구풍이 가까워진 것 같았다.

해안가에선 바다선녀와 병사들이 금저를 기다리고 있었다. 병사들은 수풀에 몸을 숨겼고, 바다선녀는 바다로 첨벙첨벙 걸어 들어가더니 가느다란 대나무 가지를 입에 물고 풍덩 잠수했다.

'나타날 때가 됐는데……. 왜 아무 기미도 없지?'

바다선녀는 이미 금저에게 한 번 속고 온 터라 초조했다.

그런데 그때 한쪽 수풀이 흔들리더니 비명소리가 들렸다. 이번엔 저쪽 수풀이 흔들리고 비명소리가 났다. 금저와 고래눈이었다.

황금색 금저가 엄니로 나무를 들이받아 쓰러트리고 병사들을 뒷발로 걷어차 바다로 날려 버렸다. 숨어 있던 병사들은 금저가 뒤에서 급습하자 속수무책으로 당했다. 금저는 멀리서 바다선녀와 병사들의 냄새를 맡고 해안가를 피해 숲으로 이동했던 것이다.

바다선녀는 맥궁을 겨누려 했으나 금저가 나무 사이로 이리저리 뛰어다녀 조준하기 어려웠다.

"젠장!"

황금색 금저와 그 등에 올라탄 고래눈은 커다란 황금 배와 그것을 지휘하는 전설의 해적처럼 보였다. 위용 넘치는 모습에 병사들은 금저를 잡아야 한다는 생각도 하지 못했다.

"뭣들 하느냐? 당장 잡아라!"

주군왕이 수풀에서 튀어나와 외쳤다. 그제야 정신을 차린 병사들이 석포로 금저를 조준했다. 그러나 석포를 쏘기엔 금저와의 거리가 너무 가까웠다. 코앞에 있는 상대에게 석포는 무용지물이었다. 금저가 석포를 들이받고 발로 밟아 뭉갰다.

바다선녀는 하나뿐인 독화살촉을 화살에 꽂았다. 그리고 가만히 숨어서 금저에게 독화살을 맞힐 기회가 오길 기다렸다. 반드시 명중시켜야 했다.

"이런 머저리들 같으니! 자빠져 있는 놈들은 내가 먼저 죽이겠다! 어서 일어나 싸워!"

주군왕이 쓰러진 이 비장에게 달려갔다. 주군왕이 언월도를 치켜들자 갑자기 고래눈이 나타나 그 사이로 뛰어들었다. 고래눈의 오합도가 주군왕이 내리치는 언월도를 쳐 냈다.

"돼지 편을 들었다가 사람 편을 들었다가. 넌 대체 뭐냐? 사사건건 방해 마라!"

주군왕이 화풀이라도 하듯 소리를 지르며 다시 달려들었다. 고래눈은 현란한 칼솜씨로 주군왕의 공격을 모두 막아 냈다. 공격이 다 막혀 버리자 주군왕이 발로 모래를 뿌려 고래눈의 시야를 차단하고는, 고래눈이 주춤하는 사이 창대로 쳐서 쓰러트렸다.

"천것은 주제에 맞게 바닥을 기어야지!"

주군왕의 언월도가 고래눈의 머리를 노렸다. 그때 쌔애액 바람을 가르고 날아온 화살이 주군왕의 팔뚝에 꽂혔다. 바다선녀가 쏜 독화살이었다.

"감히 어떤……!"

주군왕이 화살이 꽂힌 부위를 더듬거리더니 이내 실핏줄이 터져 시뻘개진 눈으로 바다선녀를 노려보았다. 주군왕이 울컥 피를 토하며 쓰러졌다.

"전하!"

　이 비장이 달려와 주군왕의 팔에 꽂힌 화살을 뽑고, 옷을 찢어 상처 부위를 꽉 동여매 독이 퍼지지 않게 막았다. 그러고는 주군왕의 상반신을 일으켜 세워 입으로 상처의 독을 빨아서 뱉었다.

　주군왕은 얼굴이 백짓장처럼 변해 옅은 숨을 몰아쉬었다.

"호위 부대는 나와 함께 배로 돌아가고 나머지는 남아서 금저를 잡아라!"

　이 비장이 주군왕을 들쳐 업고 군함으로 돌아갔다.

　바다선녀가 고래눈에게 다가갔다.

"고맙소."

　고래눈의 인사에, 바다선녀가 손을 내밀며 말했다.

"미친개 짖는 소리가 너무 시끄럽더라고."

　바다선녀가 쑥스러운 듯 고래눈의 시선을 피했다. 고래눈은 바다선녀의 손을 잡고 일어섰다.

　이 비장과 주군왕이 떠나자 남은 병사들은 허망한 표정으로 자리를 지켰다. 바다선녀가 병사들을 보며 외쳤다.

"보았느냐, 너희들이 왕으로 모시던 자의 구차한 모습을. 이제 너희에게 명령을 내릴 자는 없다. 곧 구풍이 몰려올 테니 군함으로 돌아가라! 목숨을 버릴 생각이 아니라면 어서 달아나!"

바다선녀는 마치 원화 시절로 돌아간 것 같았다. 병사들은 머뭇거리다가 금저가 콧김을 뿜으며 발을 구르자 하나둘 무기를 버리고 도망쳤다.

금저의 시선이 마을로 향했다.

"금저, 진정해라! 후회할 짓은 그만둬!"

고래눈이 금저 앞에 끼어들었지만 금저는 고래눈을 지나쳐 마을로 달려갔다.

그때 철불가가 요란한 소리를 내면서 나타났다. 도대체 언제 어디서 구했는지 철불가는 머리에 탈을 쓰고 있었다. 철불가가 꽹과리를 치며 마당극처럼 소리쳤다.

"자, 여기! 금저님, 잠깐 주목해 보시겠소?"

금저가 발을 멈추고 철불가를 보았다. 긴 세월을 살아온 금저도 철불가 같은 놈은 처음이었을 것이다. 금저 앞에서 탈을 쓰고 수작을 걸려는 놈이라니.

철불가는 같이 온 소소생을 끌어다 들이밀었다.

"여기 이 사람으로 말할 것 같으면, 바다를 건너온 무시무시한 장인과 함께 덕담 공연을 대흥행시키고, 닿기만 해도 사람을 죽음으로 몰고 가는 흑갑신병을 자유자재로 부리는 데다가, 온몸에서 불꽃을 뿜어내는 불귀신이 되었으나 모든 것을 버리고 평범한 인간으로 돌아온, 이름하여 삼면총해적주 소소생이올시다!"

금저는 철불가의 몸짓에 어쩐지 더 성이 난 듯 콧김을 뿜고, 쿵쿵 발을 굴렀다.

"성내지 말고 소소생의 말을 들어 보시오. 세상 누구도 믿지 못하는 내가 유일하게 믿는 것이 바로 소소생이라오."

"그랬어요?"

소소생은 처음 듣는 철불가의 말에 감동받았다. 소소생이 철불가를 촉촉한 눈으로 쳐다보자 철불가가 귓속말을 했다.

"빨리 뭐라고 말 좀 해 봐. 너 괴물한테 잘 먹히잖아. 장인한테 했던 거라도 해 보라고."

"저한테 뭘 하라는 거예요? 전 못 해요."

소소생이 당황해서 고개를 저었다.

그러자 고래눈도 철불가를 거들었다.

"소소생, 지금 금저가 저렇게 흥분한 상태로 서라벌로 갔다간 막으려는 병사들은 물론이고, 근처의 백성들까지 피해를 입을 거다. 내가 금저를 따라다니면서 느낀 바로 금저는 결코 악하지 않아. 여러 괴물들과 마음을 터놓고 이야기했던 너라면 가능할 거다. 금저가 더는 돌이킬 수 없는 일을 저지르지 않도록 도와줘."

고래눈의 말에 소소생은 정말로 뭔가 할 수 있을 것 같았다. 소소생은 문득 그동안 동자승들과 만들었던 생각할수록 웃긴 덕담이 떠올랐다.

"흠흠. 그럼 한번 해 보죠."

소소생은 목을 가다듬더니 여전히 철불가와 소소생을 노려보고 있는 금저의 코앞까지 나섰다.

"자, 금저님. 가장 예의 바른 소는?"

소소생이 물었다. 소소생의 갑작스런 물음에 금저가 멈칫하는
듯했다.

"……절하소."

잠시 뜸을 들이던 소소생이 꾸벅 고개를 숙이며 답했다.

"그럼 예의 바른 소가 헤어질 때 하는 말은?"

다시 소소생이 물었다. 금저는 이제 정말 어리둥절해 보였다.

"……가소. 푸흐흐."

소소생이 참지 못하고 웃음을 흘렸다. 반면 소소생의 자문자답
이 이어질수록 주변은 점점 더 조용해졌다.

"커도 작다고 하는 나무는? 흐흐."

소소생은 이제 대놓고 웃으며 물었다.

"……소나무. 하하하!"

휭. 차가운 바람이 불었다. 바다선녀는 팔에 소름이 돋았다. 바
다선녀가 고래눈에게 속삭였다.

"세상에. 이렇게 재미없는 덕담은 처음이오."

"하……."

고래눈마저 아연실색하여 이마를 짚었다.

철불가가 소소생에게 속삭였다.

"소소생아, 이건 그냥 들어도 재미없는 덕담이잖아. 금저를 화나
게 하려고 작정이라도 한 거니?"

그때 미동도 않던 금저가 픽 하고 코웃음 소리를 냈다.

"방금 웃은 거야?"

"웃은 거 같은데요."

철불가와 소소생은 병한 얼굴로 중얼거렸다.

"더 해 봐, 더. 똑똑하다더니 취향 한번 독특한 돼지일세."

소소생은 회심의 일격이라 생각한 덕담을 질렀다.

"금저가 밥 먹을 때 쓰는 수저는? ……금수저!"

잠시 후, 금저가 또다시 피식 픽 코웃음 소리를 냈다.

"저게 통한다고?"

바다선녀는 어처구니가 없어서 힘이 쪽 빠졌다.

소소생이 금저에게 한 걸음 다가섰다.

"산불을 지르고, 산림을 어지럽히는 인간들 때문에 화가 난 거 맞지? 내가 사과할게. 정말 미안해. 하지만 네가 지금 이 마을과 서라벌을 파괴한다면, 거기 있는 사람들도 너처럼 집을 잃을 거야. 아무것도 모르는 그 사람들을 위해서 지금이라도 다시 돌아가는 건 어때? 그래 준다면 나와 철불가가 할 수 있는 한 그런 일이 없도록 도울게."

그러나 소소생을 물끄러미 보던 금저의 몸에서 새하얀 안개가 뿜어져 나왔다.

"역시 안 통하잖아! 독 안개다!"

10

금저와 눈을 맞추고 바로 앞에 있던 소소생은 입마개를 쓰기도 전에 독 안개에 휩싸였다. 그러나 소소생은 위험하다는 생각이 전혀 들지 않았다. 금저의 눈빛에서 느껴졌다. 이 안개는 지금까지와 다르다. 재빨리 두건을 끌어 올린 고래눈이 소소생에게 달려왔다.

"소소생, 어서 입마개를……."

소소생의 어깨를 붙잡은 고래눈도 금저와 눈이 마주쳤다. 소소생과 같은 것을 느꼈는지 고래눈도 멈칫했다.

"고래눈, 이번엔 괜찮아요."

소소생이 금저에게 다가갔다. 고래눈도 두건을 내리고 금저에게 다가섰다. 이에 화답하듯 금저도 한 발짝 둘에게 다가섰다. 그와 동시에 소소생과 고래눈의 눈이 잠에 들듯 스르륵 감겼다.

녹음이 우거지고, 새들이 지저귀고, 맹수의 울음과 초식동물들의 수풀 밟는 소리가 어우러진, 아주 오래전의 자연이었다.

그곳에 금저가 있었다. 거대한 산줄기가 금저의 영역이었다. 사냥과 휴식의 반복. 때때로 벌어지는 침입자에 대한 경고와 전투는 상대가 산군*이든 대망*이든 가리지 않았다. 그러던 어느 날 인간이 나타났다.

"소소생!"

소소생과 고래눈이 훅 환상에서 깨어났다.

"소소생! 이게 어떻게 된 거야! 정말 네 덕담이 안 통한 거냐?"

철불가가 소소생의 어깨를 잡아 흔들었다. 철불가의 옆에는 바다선녀도 함께였다.

"철불가, 이 안개는 지금까지와 달라요! 방금 저희가 본 환상은 저희를 두렵게 하는 게 아니었어요."

"그래. 아마도 이건…… 금저의 기억."

고래눈이 소소생의 말을 거들었다.

"소소생아, 독 안개를 들이마시더니 그새 정신이 나간 게냐?"

철불가가 소소생의 어깨에서 손을 떼더니 슬쩍 멀어졌다.

"갑자기 금저의 기억이라니……. 나도 믿을 수가 없군."

바다선녀까지 슬쩍 떨어지려고 하자, 고래눈이 눈 깜짝할 새에 바다선녀와 철불가의 입마개를 베어 버렸다.

---

*산군: 산을 지키고 다스리는 호랑이
*대망: 거대한 괴물 구렁이

"백 번 말하는 것보다 이게 빠르겠지."

"자, 잠깐……! 고래눈!"

당황한 철불가와 바다선녀가 코와 입을 막으려 했다. 그러나 고래눈이 입마개를 베는 순간, 금저가 독 안개를 한 번 더 뿜었다. 네 사람은 숨을 참을 새도 없이 환상에 빠져들었다.

그들 앞에 불바다가 펼쳐졌다. 직전까지 소소생과 고래눈이 보았던 모습은 온데간데없었다. 녹음이 우거진 숲은 화염에 시커멓게 타들어 갔다. 인간은 산짐승을 모조리 죽이고는 숲에 불을 질렀다. 이윽고 황량한 폐허였던 곳은 마을이 되었다.

녹음이 우거졌던 산에 나무가 하나둘 사라지고 점차 인간의 집으로 채워졌다. 금저는 점점 깊은 숲속으로 물러났다. 하지만 인간은 무릇 짐승들이 날 때부터 알고 있는 자연의 균형을 모르는 듯했다. 열매를 얻으면 나무를 원했고, 나무를 얻으면 숲을 원했다. 다음엔 산을 갈아 밭을 일구었고, 이내 다른 산으로 옮아갔다. 그랬다. 인간은 정말 여기저기 '옮아갔다.' 마치 산불처럼. 또는 역병처럼.

금저는 때로는 산에 들어온 인간을 지켜보기도, 쫓아내 보기도 했다. 그러다 도망간 이들이 버리고 간 물건들을 살펴봤다. 개중에 알아볼 수 있는 그림들이 있었다. 그것을 책이라고 부르며, 꼬부랑거리는 장식이 문자라는 걸 알게 된 것은 꽤 시간이 지난 후의 일이었다.

금저는 인간에게 왕이 있다는 사실을 깨달았다. 그리고 도저히

참을 수 없게 되었을 때 인간의 왕을 찾아가야겠다고 결심했다.

"꾸어어어어어어억."

금저는 구슬픈 소리를 내며 눈물을 흘렸다.

금저의 울음소리에 소소생은 환상에서 벗어났다. 거센 바람이 불어와 자욱한 안개를 걷어 냈다. 구풍이 몰려오고 있었다.

소소생은 저도 모르게 흘린 눈물을 소매로 닦았다.

"이게 금저가 서라벌로 가는 이유였어······. 왜 우리한테 이 기억을 보여 준 거죠?"

"글쎄. 우리가 좀 달라 보인 걸까."

고래눈이 답했다.

풍랑이 높게 일고 해안가에 자란 나무의 뿌리가 뽑힐 듯 들썩였다. 이곳의 구풍을 겪어 본 고래눈이 외쳤다.

"구풍이 오고 있소! 어서 토굴로 피합시다!"

"금저는 어떡하고요?"

"일단 우리가 살고 봐야지."

철불가가 소소생을 잡아끌었다. 소소생은 철불가를 따라가다가 금저를 돌아보았다. 금저는 망부석처럼 가만히 서 있었다.

소소생은 철불가의 손을 뿌리치고 금저에게 달려갔다.

"너도 피해!"

소소생이 금저에게 외쳤다. 시간이 없었다. 소소생은 금저를 두 팔로 힘껏 밀었다. 하지만 금저는 꿈쩍도 하지 않았다. 이번엔 금저를 온몸으로 밀었다.

"서라벌로 가는 것도 살아야 할 수 있잖아. 빨리 너도 피해!"

"소소생, 저 바보가!"

바다선녀가 소소생을 말리려고 뛰어갔다. 고래눈도 철불가를 끌고 소소생에게 갔다.

"아니, 난 왜? 놔! 놓으라니까?"

고래눈이 소소생 옆에 서서 금저를 밀었다. 바다선녀도 힘껏 금저를 밀었다. 철불가는 어쩔 수 없다는 표정을 지으며 힘을 보탰다.

그들이 금저를 어떻게 해 보기도 전에 어마어마한 구풍이 들이닥쳤다. 세상이 뒤집어지는 것 같았다. 고목나무가 뿌리째 뽑혀서 날아가고, 초가집이 무너져 나무 기둥과 지푸라기가 흩날렸다. 배를 묶어 둔 밧줄이 가닥가닥 끊어지기 시작했다. 이윽고 밧줄이 허공으로 날리며 낚싯배들도 산산조각이 나서 사라졌다.

금저가 천천히 자세를 낮추더니 소소생 일행을 향해 몸을 웅크렸다. 그러자 거세게 불어닥치던 바람이 순식간에 멎었다.

"……우릴 지켜 주려는 거야?"

소소생의 물음에도 금저는 아무런 대답 없이 어딘가를 빤히 바라보기만 했다. 해적에게 팔려 갈 뻔한 여자아이가 금저의 다리에 동여매 준 낡은 천이었다.

웅크린 금저의 몸에 흙과 모래가 날아와 쌓여 갔다. 파도와 바람, 흙먼지와 나뭇조각들이 금저의 주위로 휘몰아쳤다.

"꾸어어어어어억."

금저는 소소생을 바라보고 작별 인사처럼 긴 울음소리를 내었다.

금저는 웅크린 자세로 천천히 눈을 감았다. 어딘가 편안해 보이는 표정이었다.

"금저……!"

하얀 안개가 들이닥쳤다. 소소생은 안개를 들이마시고 정신을 잃었다.

"소소생! 소소생!"

짝! 짝! 누군가 소소생의 멱살을 잡고 뺨을 때렸다.

"아……. 아파……요."

소소생이 그만하라고 손짓을 하며 눈을 떴다.

"쳇, 벌써 일어난 게냐?"

철불가가 아쉬운지 입맛을 다시면서 들었던 손을 내렸다. 소소생은 천천히 일어났다. 무언가 아주 다디단 꿈을 꾼 것 같았는데 기억이 나지 않았다.

"어떻게 된 거예요?"

소소생이 얼얼해진 뺨을 만지며 물었다.

"금저가 독 안개로 우리를 재운 것 같아."

고래눈이 답했다.

"금저는 어디 있어요?"

고래눈은 대답 대신 한 곳을 손으로 가리켰다. 그곳에는 섬이 있었다. 소소생은 곧 그것이 금저라는 사실을 깨달았다. 웅크린 금저

위로 흙과 모래가 쌓여 섬처럼 변해 있었다.

범이가 토굴에서 사람들을 데리고 나왔다.

"구풍이 멈췄습니다. 나오셔도 안전합니다!"

토굴에서 나온 마을 사람들은 섬이 된 금저를 바라보고 감탄했다.

구름 사이로 빛줄기가 내려오자 섬의 흙에서 푸르른 싹이 자라났다. 마치 누군가 신기한 재주를 부린 것처럼 아름다운 꽃송이와 새싹이 자라고 나무줄기가 솟아올랐다.

고래눈이 말했다.

"금저가 땅에 생명을 불어넣고 있는 것 같군."

"……금저는 죽은 걸까요?"

소소생이 물었다.

"잠에 든 걸 거야. 이 마을을 지키는 데 너무 많은 힘을 써서, 조금 긴 휴식을 취해야 하는 걸지도 모르지. 언제 깨어날지는 모르겠지만, 금저가 깨어난 세상은 조금 더 살 만한 세상이었으면 좋겠구나."

고래눈이 말했다.

소소생은 울컥했다. 살 곳을 빼앗고 죽이려고 했던 인간을 지키기 위해 자신을 희생하다니. 소소생은 금저에게 미안하고 고마웠다.

바다선녀는 곰곰이 생각하다가 결심한 듯 말했다.

"금저가 섬이 되었으니 돼지섬이라는 뜻으로 '돝섬'으로 부르면 되겠어. 나는 그럼 돝섬에서 농사라도 지으며 살아 볼까."

"해적에서 갑자기 농부가 된다고요?"

소소생이 놀라서 물었다.

"이번 일을 겪으면서 깨달았지. 난 해적처럼 불규칙한 삶보단 규칙적인 삶을 좋아한다는 걸. 농부가 돼서 돝섬에 뿌리내리고 살아 볼까 해. 농부가 되면 남 눈치 볼 것 없이 규칙적으로 살 수 있고, 수입도 나름 일정하니 미래 계획도 세울 수 있잖아?"

"무계획이 계획이던 시절은 이제 끝이네요? 금저가 언제 깨어날지는 모르겠지만 그동안 구풍 걱정은 없겠어요."

소소생이 미소를 지었다. 바다선녀는 철불가가 소소생을 유일하게 믿는 해적이라고 소개했던 게 떠올랐다.

"그……, 전에 했던 말은 취소하지."

바다선녀가 소소생에게 말했다.

"무슨 말이요?"

"네가 무슨 위대한 해적이냐고 비웃었던 거 말이야."

"그거야 진작 잊었……."

소소생이 손사래를 치는데 바다선녀가 한쪽 무릎을 꿇었다.

"이 바다선녀, 삼면총해적주 소소생에게 인사 올립니다. 산처럼 거대한 괴물을 마주하고도 두려워하지 않고 아주 웃긴 덕담까지 들려주었으니 과연 괴물적이라 할 만합니다. 이렇게 삼면총해적

주와 함께 모험을 하였으니 참으로 자자손손 전할 만한 기쁜 일입니다."

"왜 이래요. 부끄럽게."

소소생은 얼굴이 빨개져서 바다선녀를 일으켰다. 바다선녀는 금저를 괴물이라 생각해 싸워서 잡으려고만 했지, 대화를 해 볼 생각은 못 했다. 바다선녀는 덕담으로써 금저를 멈춰 세우고, 마음을 돌리는 데 성공한 소소생이야말로 진정한 덕담꾼이요, 존경스러운 해적이라고 생각했다.

"금저에게 덕담을 들려준 유일한 인간이라는 소문이 퍼지면, 넌 살아 있는 전설이 될 거다."

"그런 전설은 됐어요. 철불가 때문에 생긴 별명만으로도 버겁다고요."

소소생이 질색했다. 범이와 바다선녀는 그건 그렇다면서 박장대소하였다.

"말했잖소. 다른 사람은 못 믿어도 소소생만은 믿어도 좋다고."

철불가가 말했다. 바다선녀는 웃으며 고개를 끄덕였다.

"철불가 당신은 황금 가죽도 못 얻었으니 손해가 이만저만이 아니겠군."

"잠든 금저를 깨울 수도 없고. 뭐, 새로운 사업을 시작해야지."

"세상 제일 무서운 것이 사업병이라던데."

"이번 사업은 진짜야! 금저 모양의 도자기 통을 만들고, 황금색을 입히는 걸세. 그리고 그 안에 재물을 모아서 보관하면 황금 같은 행운이 올 거라고 홍보하는 거지! 돼지 이마에 복福 자까지 새기면 완벽하지 않나? 캬하하하!"

"그건 뭐라고 부르는 거요?"

바다선녀가 웃으며 물었다.

"글쎄다. 돼지 그릇?"

철불가가 고심하자 소소생이 말했다.

"금저처럼 생긴 통에 금을 모으니 황금저금통! 어때요?"

"옳거니! 우리 소소생이 나랑 다니더니 덕담 실력이 늘었구나. 아주 내 취향을 저격했어. 하하하!"

철불가는 새로운 사업 구상으로 쉴 새 없이 머리를 굴렸다. 철불가는 이번엔 바다선녀에게 말했다.

"바다선녀, 이참에 돌섬을 황금저섬이라고 소문을 내는 거야. 돌섬에 찾아오는 사람들에게 저금통을 파는 거지! 어떤가?"

"그러고 싶거든 여기 사는 이들에게 허락부터 구하시오."

"옳거니! 여기서 사업 설명회부터 준비해야겠군."

철불가는 마을 사람들에게 달려갔다. 그러나 그 누구도 거기에 관심을 주지 않았다.

바다선녀는 철불가의 행실에 혀를 쯧쯧 차더니, 범이의 어깨에 팔을 걸치며 말했다.

"범이 넌 어디로 갈 거냐? 시간 남으면 돌섬에서 나랑 밭이나 가는 건 어때?"

"뭐?"

"나랑 여기서 정착할 생각 없어? 같이 살자는 건 아니고. 돝섬에서 새로 시작할 마음 없냐고. 해적 말고 농부로 말이야. 과거의 연정은 잊고 새로운 연정을 시작하는 것도 나쁘지 않을 테고."

범이는 얼굴이 빨갛게 달아올랐다.

"그, 그렇게 말해 주어 고맙소만, 난……."

"쿡쿡. 한 번씩 해적질이 질리면 돝섬에 놀러 오게. 그때쯤 나도 멋진 농사꾼이 되어 있을 테니, 좋은 술 한잔 대접하지."

마침 고래눈과 범이를 데리러 해적선이 도착하였다. 범이는 바다 선녀와 악수를 하고 후다닥 해적선으로 돌아갔다.

고래눈이 동료들에게 손을 흔들어 주고는 소소생을 바라보았다. 소소생은 무슨 말을 해야 할지 몰라 쭈뼛거리기만 했다. 고래눈을 만나면 하고 싶은 말이 산더미 같았는데 머릿속이 백지장처럼 하얘져 아무 말도 떠오르지 않았다.

소소생이 아무 말이 없자 고래눈이 먼저 말을 꺼냈다.

"이번에도 고생 많았다."

"아닙니다. 고래눈이야말로 금저와 다니느라 힘드셨을 텐데요."

"나는 오히려 새로운 세계를 보아서 즐거웠단다."

고래눈은 잠시 뜸을 들이다가 말을 꺼냈다.

"……너에게 주었던 고래 풍탁을 기억하느냐."

"당연하지요. 그걸 어떻게 잊습니까. 그걸 흔들면 제가 어디에 있든 구하러 오실 거라고 했잖아요."

소소생이 품에서 고래 풍탁으로 만든 지휘봉을 꺼냈다.

"옛날에, 그 풍탁을 만들어 준 동료가 있었다. 나와 범이가 해적단에 입단하여 만난 형제였지. 그 친구는 눈이 참 맑았어."

고래눈은 소소생의 눈가를 손으로 쓸어 보았다. 소소생은 고래눈의 손길에 가슴이 떨려 숨을 쉬기 힘들었다. 칼을 쥐는 손이라 굳은살이 잡혀 딱딱했지만 소소생에겐 비단처럼 부드러웠다.

"두 번 다시 그 눈을 보지 못하리라 생각했다. 그런데 너의 눈을 보면 그 아이가 살아 있는 것 같아."

소소생은 얼굴이 빨갛게 달아올라 어쩔 줄을 몰랐다.

"잘 간직하고 있거라."

범이가 해적선에서 외쳤다.

"고래눈 형제! 출발할 시간입니다!"

고래눈은 한 걸음 뒤로 물러섰다.

"또 만날 수 있는 거죠?"

소소생이 아쉬움 가득한 목소리로 외쳤다. 고래눈은 알쏭달쏭한 미소를 짓고는 나무 위로 뛰어올랐다.

"우리가 인연이라면 어느 바다에서든 만날 수 있겠지."

고래눈은 나무 사이를 날듯이 뛰어서 해적선에 올랐다. 고래 깃발을 단 푸른색 해적선이 서서히 멀어졌다. 소소생은 고래눈의 해적선이 수평선 너머로 사라질 때까지 바라보았다.

〈금저 편 下 끝.

9권에 계속〉

곽재식의
괴물도감

해당 도감의 그림과 설명은 문헌 기록을 참고하였으며,
괴물 수집가로 널리 알려진 곽재식 작가의 상상력과
감수를 토대로 재해석하였음을 밝힙니다.

마니목

나무줄기에서 신비한 빛이 비치고, 줄기의 옹이구멍에 있는 구슬인 마니보주에서는 눈 부신 빛이 흘러나온다고 한다. 맑은 냇물이 흐르는 곳에 자리잡아서 뿌리 사이로 물이 흐른다. 일반적으로는 장정 열 명이 안아도 팔이 부족한 정도의 크기지만, 계속해서 성장 하면 뿌리는 신라에, 가지는 중국에 닿을 정도로 거대해진다.

하조

커다란 두루미 같은 새로, 머리는 아름다운 남자의 얼굴을 하고 있다. 등에는 항아리를 메고 다니는데, 그 안에는 만병통치약 같은 놀라운 효능의 푸른색 물약이 들어 있다고 한다. 산속에서 상처를 입고 헤매던 노비가 하조의 약을 먹고 살아나 유명한 장수가 됐다는 전설이 전해진다.

명월고래

눈에서 달처럼 환한 빛을 내뿜는 커다란 고래다. 낮 동안은 깊은 바닷속을 헤엄치다가 밤이 되면 해수면까지 올라온다. 몸 전체에서도 은은한 빛이 나는데, 이로 인해 어두운 바닷속에서도 앞을 훤히 보며 다닌다. 뱃사람들 사이에 망망대해에서 길을 잃었을 때 길잡이가 되어 주었다는 목격담이 종종 전해진다.

크리처스 8: 신라괴물해적전

금저 편 下

1판 1쇄 인쇄 2024년 08월 10일
1판 1쇄 발행 2024년 08월 20일

글 곽재식, 정은경
그림 안병현
펴낸이 김영곤
펴낸곳 (주)북이십일 아르테

융합1본부장 문영
기획개발 변기석 신세빈 김시은
디자인 임민지 박지영
아동마케팅영업본부장 변유경
아동마케팅1팀 김영남 손용우 최윤아 송혜수
아동마케팅2팀 황혜선 이규림 이주은
아동영업팀 강경남 최유성
e-커머스팀 장철용 양슬기 황성진 전연우
제작팀 이영민 권경민

출판등록 2000년 5월 6일 제406-2003-061호
주소 (우 10881) 경기도 파주시 회동길 201 (문발동)
대표전화 031-955-2100 **팩스** 031-955-2151
홈페이지 www.book21.com

ISBN 978-89-509-2690-8 (44810)
       978-89-509-0969-7 (세트)